WIR FÜNF
UND ICH UND DIE TOTEN

Eine Novelle für alle von schlechten Eltern – und die
sie überlebt haben

von
LUCI VAN ORG

**EDITION
OUTBIRD**

IMPRESSUM

I. Auflage: IO. Juni 2023
© Edition Outbird, Gera
www.edition-outbird.de

Covergrafik: Luci van Org
Covergestaltung: Tristan Rosenkranz
Autorinnenporträt: Axel Hildebrand
Lektorat: Merri Holste, Vanessa-Marie Starker, Tristan Rosenkranz
Satz & Layout: Benjamin Schmidt

ISBN: 978-3-948887-5I-3
Preis: I6,90 €

für Zerberus

1. SPIND

Der Spind stand in der Sperrmüllecke gleich neben dem U-Bahn-Eingang. Keine Ahnung, wie lange schon. Wahrscheinlich war ich bereits wochenlang an ihm vorbeigelaufen, ohne ihn zu bemerken, weil ich hier sonst ja immer nur auf den Boden sah, um einen Tritt in Hundekacke oder Erbrochenes zu vermeiden. Heute aber wanderte mein Blick von der Straße über den Bahnhofsvorplatz, in die Unterführung daneben und wieder zurück, gierig auf der Suche nach irgendeiner Ablenkung, die mich im letzten Moment daran hinderte, wie geplant meine Eltern anzurufen. Etwas, das ich bevorzugt im Gehen erledigte, damit sich dabei dank der stetigen Bewegung nicht so viel Unbehagen anstaute.

Widerwillig stopfte ich die Kopfhörerknöpfe in meine Ohren, tippte die ewige Festnetznummer der Wohnung meiner Kindheit mit dem Daumen ins Handy, weil ich sie nicht gespeichert hatte. Schließlich würde ich sie ja sowieso nie vergessen, redete ich mir ein, obwohl ich insgeheim wusste, dass es mir schlicht zu unangenehm war, den Namen meiner Eltern in etwas hineinzuschreiben, das ich täglich benutzte.

Begleitet vom Sägen des Freizeichens und in Erwartung des Unvermeidbaren lief ich weiter auf den U-Bahn-Eingang zu, während der Spind in der Sperrmüllecke mehr und mehr meine Aufmerksamkeit auf sich zog. Immer spannender erschien mir der mannshohe, an einigen Stellen bereits verbeulte Kasten aus schmuddelig-grau angelaufenem Metall, je näher ich ihm kam.

„Hier Tauber…?"

„Hallo Mama!"

„Rufst du auch mal wieder an…?"

Ich beschleunigte meinen Schritt, um dem Klumpen, den die Stimme meiner Mutter in meinem Magen verursachte, etwas entgegenzusetzen.

„Ich hatte eine Menge zu tun in den letzten Wochen. Und ihr habt euch ja auch nicht gemeldet."

„Wir haben versucht, dich anzurufen. Aber du bist ja nie rangegangen."

Der Spind war jetzt nahe genug, dass ich die Rostschlieren sehen konnte, die aus den Luftschlitzen in seiner Tür das Metall herunterliefen.

„Mama, moderne Telefone haben eine Anrufe-in-Abwesenheit-Anzeige. Da hätte ich jeden Anruf von euch gesehen, wenn es ihn denn gegeben hätte."

„Wir haben versucht, dich anzurufen. Aber du bist ja nie rangegangen."

„Ist ja auch egal", entgegnete ich, obwohl es nicht stimmte, während der Klumpen im Magen sich schmerzhaft vergrößerte. Was jedes Mal passierte, wenn wir telefonierten. Weil wir beide jedes Mal ja auch genau dasselbe sagten. Seit Jahren. Am Geburtstag meiner Mutter, am Geburtstag meines Vaters, vor Ostern, vor Weihnachten. Mittlerweile die einzigen Gründe, aus denen ich anrief.

„Was macht ihr an Heiligabend?"

„Andreas will essen gehen."

Der Magenklumpen bekam Gesellschaft von etwas, das sich schmerzhaft um meinen Solarplexus krallte. Immer dann, wenn jemand den Namen meines Bruders aussprach, vor dem ich mich seit mittlerweile dreißig Jahren versteckte.

„Also alles wie immer. Schön."

Ich verlangsamte meinen Schritt, weil die Solarplexus-Kralle mich am Atmen hinderte. Der Spind war jetzt nur noch wenige Meter entfernt, und ich konnte sehen, dass das Schloss verbogen war. So, als hätte jemand dagegengetreten, um die Tür gewaltsam zu öffnen.

„Du willst ja nicht, dass wir zu dir kommen."

„Mama!", entfuhr es mir, obwohl ich eigentlich hatte schweigen wollen.

„Er war in der letzten Zeit ganz lieb. Und es ist auch gar nichts mehr passiert. Ich soll dich grüßen. Aber das willst du ja auch nicht."

„Nein, Mama, ich will nicht von jemandem gegrüßt werden, der Frauen bei sich einsperrt, sie schlägt und mit Zigarettenkippen foltert und damit gedroht hat, mich umzubringen. Was ist daran so schwer zu verstehen?", dachte ich.

„Mama, müssen wir darüber wirklich nochmal reden? In drei Tagen ist Weihnachten", sagte ich.

Schweigen. So lähmend, dass ich stehenbleiben musste. Dass ich den Menschenstrom, der sich von der Ampel in Richtung U-Bahn-Eingang ergoss, kurz wie eine Flussinsel zerteilte, bis eine alte Frau ihren Rollator in mich hineinschob.

„Entschuldigung!", murmelte ich der Frau hinterher und machte einen Schritt aus dem Menschenfluss heraus, um weitere Kollisionen zu vermeiden. Hinein in die Sperrmüllecke, direkt vor die Tür des Spinds.

„So halbherzig bringt das nun wirklich nichts."

„Was...? Nein, Mama! Ich habe nicht dich gemeint!"

Zorn stieg in mir hoch. Vollkommen unnötigerweise in Anbetracht der Aussichtslosigkeit dieses doch schon zigfach auf dieselbe Weise geführten Gesprächs.

„Ist ja gut! Beruhige dich!"

„Ich! Bin! Total! Ruhig!"

Phase drei.

Magenklumpen und Solarplexus-Kralle riefen ihre Kollegin Wutfaust zu Hilfe, die die Finger meiner Rechten krampfen ließ. So schmerzhaft, dass ich meine Hand aus der Manteltasche zog und die Faust gegen die Spindtür krachen ließ, um sie zu lockern. Woraufhin es im Inneren des Spindes metallisch klapperte. Irgendwas hatte sich durch den Schlag dort gerade ebenso gelöst wie der Krampf in meiner Hand.

„Was machst du denn da? Das ist sehr unangenehm im Ohr."

„Nichts. Wie ... geht es Papa?", fragte ich.

„Papa ist...", hörte ich meine Mutter sagen, bevor mir plötzlich mit voller Wucht die Tür des Spinds ins Gesicht schlug. Ich schrie auf vor Schreck, taumelte nach hinten, verlor den Halt, etwas Hartes krachte auf mein Nasenbein und etwas Schweres auf meinen Oberkörper, wodurch ich rittlings auf den Boden fiel. Mit dem Hinterkopf auf den Asphalt. Panisch versuchte ich mich aufzurichten, da schwappte ein Schwall Flüssigkeit in mein Gesicht. So eiskalt, dass mir die Luft wegblieb, ich meinen Mund aufriss, um Atem zu holen – woraufhin ein grässlicher Klumpen Haare dort hineindrängte, mit Kieseln und Holzstücken darin. Von denen ich da noch nicht wusste, dass es in Wahrheit Knochenteile waren. Und Zähne.

2. SALMIAK

„Hallo? Vera?"

Von irgendwo hörte ich eine angenehm warm klingende Frauenstimme und der Nebelschleier vor meinen Augen begann sich aufzulösen. Dahinter erkannte ich eine weiß überstrichene Ziegelwand und eine Metalltür, grau, voller Rostschlieren. Wie der Spind, schoss es mir durch den Kopf, das Letzte, an das ich mich erinnerte.

Wo war ich? Aus dem Augenwinkel nahm ich einen weitläufigen, leeren Raum mit hohen Kappendecken wahr, auf dessen Betonboden Pfützen glänzten. Fahles Licht drang durch zwei große, gänzlich trübe Industriefenster. Eine verlassene Fabriketage? Irgendwie war mir der Anblick vertraut. Aber nicht genug, dass mir eingefallen wäre, woher. Ich versuchte mich umzublicken, aber das machte mein Hals nicht mit. Schmerzhaft starr war er, als hätte ich ohne Nackenstütze eine lange Autofahrt verschlafen. Auch der Rest meines Körpers tat weh, und mein Nasenbein puckerte so stark, dass ich mich nicht traute es anzufassen, aus Furcht, einen Bruch zu ertasten.

Ich kam zu dem Schluss, dass ich, wie so oft, durch meine eigene Ungeschicklichkeit irgendwo herunter-, hinein-, oder der Länge nach hingefallen sein musste. Etwas, das mir seit meiner Kindheit immer mal wieder passierte, früher, weil ich so schlecht sah, heute, weil ich das, was ich dank diverser Augen-OPs sehen konnte, nicht richtig wahrnahm. Durch den Sturz war ich dann wohl, wie schon mehrmals zuvor, ohnmächtig geworden und irgendwie hier gelandet. Dass ich während einer Bewusstlosigkeit ganz woanders hingebracht worden war, hatte es in der Vergangenheit allerdings noch nie gegeben, und diese Vorstellung machte mir Angst.

„Was... ist passiert?", erkundigte ich mich deshalb vorsichtig bei der mir unbekannten Stimme, in der Hoffnung auf eine weniger beunruhigende Erklärung.

„Das würde ich gern von dir wissen", entgegnete diese. Mit unüberhörbar vorwurfsvollem Unterton. Etwas erschrocken versuchte ich, meinen Kopf in ihre Richtung zu drehen, wieder fuhr der Schmerz in meine Halsmuskeln, ließ sich aber aushalten, bis ich sie sehen konnte. Eine im Vergleich zu ihrer sonoren Stimmlage unerwartet kindlich wirkende Frau. Zwar schien sie in einem ähnlichen Alter zu sein wie ich, etwa Anfang 50, war aber auffallend kurz gewachsen, und zwei hüftlange, bronzefarbene Kleinmädchenzöpfe baumelten links und rechts neben ihren runden, blassen Wangen. Sie lehnte an der einzigen Säule inmitten des gänzlich leeren Gewerbegeschosses und machte – soweit ich das hinter ihrer großen Brille sehen konnte – ein sehr ernstes Gesicht.

„Falls...", setzte ich vorsorglich zu einer Entschuldigung an, „irgendwas Unangenehmes vorgefallen sein sollte, tut mir das..."

„Irgendwas ‚Unangenehmes'?", unterbrach mich die Frau in einem beunruhigend anklagenden Tonfall. „Ist das dein Ernst?"

Hatte ich durch meinen Sturz etwas kaputtgemacht? Auch das war leider schon häufiger vorgekommen. Aber war ich vorhin nicht in der Sperrmüllecke gewesen? Wo doch eigentlich nur Dinge abgestellt wurden, die bereits kaputt waren?

„Was auch immer passiert ist, ich habe leider nichts davon mitbekommen", versuchte ich zu beschwichtigen, „ich war ja ohnmächtig."

Mein Mund fühlte sich sandig an beim Sprechen. Ängstlich fuhr ich mit der Zunge meine Zähne entlang, um sicherzugehen, dass keiner fehlte. Alle noch da. Zusammen mit einem widerlich faulig-süßlichen Geschmack. Hatte ich mich übergeben?

„Deine Ohnmacht interessiert mich einen Scheiß, Vera!", herrschte mich die Bezopfte plötzlich an. So laut, dass der Nachhall durch die leere Fabriketage schepperte, und so aggressiv, dass meine Eingeweide vor Schreck leise zu gurgeln begannen. Was war das hier? Ein Verhör? Erst jetzt wurde ich der Tatsache gewahr, dass ich auf etwas Hartem, sehr Unbequemem saß, mit Lehne und mit Armstützen, die meine Schultern unangenehm in Richtung der Ohren hoben.

„Bitte, ich ... weiß nicht, was Sie von mir wollen. Ich kann mich an nichts erinnern!"

„Das würde ich an deiner Stelle auch sagen!"

Sie machte einige Schritte auf mich zu, biss sich dabei nervös auf ihre vollen, etwas entzündet geröteten Lippen und knetete mit den Fingern die überlangen Ärmel ihres Oberteils. Mir fiel auf, dass ihre gesamte Kleidung viel zu groß war. Der Saum ihrer dunkelbraunen, windelartig mit einem Koppelgürtel zusammengezurrten Cordhose schliff auf dem Boden, der Rollkragen ihres beigen Schlabbershirts hing an ihrem Hals wie ein Schlauchschal. Modisches Statement oder ästhetisches Unvermögen? In jedem Fall ließ das eigenwillige Ensemble sie aussehen wie das jüngste Kind einer Großfamilie, das die abgelegten Klamotten seines ältesten Bruders auftrug. Sogar seine Brille. Ein ausladendes Altherren-Doppelbügel-Metallgestell mit unvorteilhaft eckigen Gläsern – die auf ihrer Nase jetzt plötzlich einen kleinen Ruck nach vorn machten. Weil die Frau mit dem Kopf zuckte. Ein blitzschnelles Nicken. Gab sie jemandem ein Zeichen? Waren wir nicht allein? Aber nichts passierte. Außer, dass sie erneut zuckte. Einmal, zweimal, dreimal ... seltsam unfreiwillig. War das eine Zwangsstörung? Ein Tic? Immer näher kamen das Zucken und die Zöpfe und mir wurde übel. Vor Angst, weil die Frau möglicherweise gefährlich war und vom Geruch aus ihrem Mund. Süßlich, beißend... Salmiakpastillen! Tatsächlich! An ihrem linken Vorderzahn klebte sogar noch ein Fitzelchen einer dieser grässlich nach Ammoniak stinkenden, schwarzen Rauten. Wobei ich als Kind ganz wild auf das Zeug gewesen war. Die einzige Süßigkeit, die mir meine Mutter manchmal freiwillig gegeben hatte, weil die Dinger so winzig waren – und damit nicht so schlecht für meine pummelige Figur, wegen der alle in meiner Familie mich „Dickmadam" genannt hatten.

„Was ist? Ich warte!", fauchte der Salmiakatem. Verzweifelt einen Würgereiz unterdrückend, drehte ich mein Gesicht vom Gestank weg. So langsam wie möglich, wegen der Nackenschmerzen, und um sie nicht vielleicht noch aufzuregen.

Die Tür stand einen Spalt offen! Das Türblatt bewegte sich sogar ganz sachte, als herrsche dort Durchzug. War das eben schon so gewesen?

Schlagartig begann mein Herz zu rasen vor Aufregung. Könnte ich aufspringen und wegrennen? Ganz vorsichtig spannte ich meine Beinmuskeln an, bewegte meine Zehen, meine Füße, meine Knie, meinen Rücken. Alles schmerzte, fühlte sich aber funktionstüchtig an.

Doch was, wenn sie mir folgen, mich sogar angreifen würde? Andererseits, wenn die Frau wirklich einen Schaden hatte und mich hier festhalten wollte – hatte ich dann eine Wahl?

Erneut so langsam wie nur möglich ließ ich meine Unterarme von den Armlehnen rutschen, bemerkte dabei, dass sie aus glänzend poliertem Edelholz gefertigt und schneckenartig gedreht waren. Ein Biedermeiersessel. In einem Abbruchhaus... Zu angespannt, um mich weiter darüber zu wundern, setzte ich mich etwas auf, versuchte ein beschwichtigendes Lächeln.

„Leider müsste ich langsam mal los. Kann ich noch irgendwas für Sie tun?"

Die Frau lächelte jetzt ebenfalls, stützte sich dabei mit ihren Händen auf die Armlehnen des Stuhls.

„Glaubst du wirklich, es wäre so einfach, Vera?"

Sie umfasste das Holz so fest, dass ihre Knöchel weiß wurden. Ich konnte nicht umhin mir vorzustellen, dass sie dasselbe auch mit meinem Hals tun könnte.

Raus hier! Sofort! Langsam ehrlich panisch behielt ich aus dem Augenwinkel die Tür im Blick. Wie viele Schritte waren es bis dorthin – und was würde mich dahinter erwarten? Eine noch größere Gefahr? Oder nur ein Treppenhaus? Ein Treppenhaus mit ... einem Gitterfahrstuhl...?

Natürlich! Plötzlich fiel mir ein, woher ich das alles hier kannte! Die Metalltür, die Ziegelwand, die Kappendecke, die Säule... – die Beratungsstelle der Jugendhilfe! 1986, mit Fünfzehn, hatte ich in genau so einem Raum Herrn Eckstein gegenübergesessen. Herrn Eckstein, diesem unglaublich netten, älteren Mann mit dem Sozialarbeiter-Rauschebart, der mir damals zugehört und mir geglaubt hatte! Ganz kurz vertrieb ein warmes, fast euphorisches Gefühl meine Angst. Herr Eckstein hatte damals dafür gesorgt, dass ich von zu Hause ausziehen konnte. In eine winzige, völlig heruntergekommene Wohnung in einer ebenso heruntergekommenen Gegend – aber weg vom Gebrüll und den Schmerzensschreien, von berstenden Scheiben und splitternden Türfüllungen und den Faustschlägen und Tritten meines Bruders, der zwischen den Antiquitäten und Bücherwänden unserer Bildungsbürger-Altbauwohnung wütete wie ein angeschossenes Tier. Und weg von den unzähligen Lügengeschichten meiner Eltern von versehentlichen Stürzen und Haushaltsunfällen und angeblichen Missverständnissen, mit denen sie versucht hatten zu kaschieren, was bei uns zu Hause los gewesen war. Meine eigene Wohnung hatte mich gerettet – und Herr Eckstein war der Beginn dieser Rettung gewesen.

Dass dieser Ort mich ausgerechnet an ihn erinnerte, das konnte doch nur ein gutes Omen sein!

„Hören Sie", fasste ich Mut, „ich habe keine Ahnung, was passiert ist, aber ich möchte nach Hause und werde deshalb jetzt gehen."

„Vera...!", unterbrach mich die Frau ein weiteres Mal. Diesmal nicht mehr aggressiv, dafür aber so genüsslich herablassend, dass ich erneut panisch wurde. „Vera, sieh dich doch mal an!"

Sie deutete auf meinen Bauch. Zögernd blickte ich an mir herunter, bemerkte, dass ich noch immer meinen langen, schwarzen Steppmantel trug. An vielen Stellen war er aber nicht mehr schwarz, sondern mit etwas Schleimig-Matschigem beschmiert. Etwas, das an einigen Stellen feucht glänzte, an anderen Stellen krustig eingetrocknet war und – seltsamerweise roch ich es erst jetzt – widerlich stank. Wie unsere Mülltonnen im Hof im Hochsommer, nur süßlicher, beißender, mit einer ranzigen Unternote. Ein furchtbares Gemisch, dass mir jetzt so unbarmherzig in die Nase stieg, dass ich einmal mehr würgen musste.

„Erstaunlich, wie zart besaitet du bist. Wo du doch jahrelang Zeit hattest, dich darauf vorzubereiten. Hast du damit wirklich nicht gerechnet, dass das alles irgendwann auffliegt, Vera?"

„Ich verstehe nicht, was Sie meinen!", entgegnete ich verzweifelt, während ich am Bindegürtel meines Mantels etwas kleben sah, das aussah wie ein Stück Bratenkruste.

„Was ich meine, Vera? Ich meine, dass du doch wissen musstest, dass dir deine Leichen irgendwann um die Ohren fliegen! Im wahrsten Sinne des Wortes."

„Meine ... was?"

Die Bratenkruste hatte die Form einer halben Ohrmuschel. An ihr haftete etwas. Etwas, das einem menschlichen Fingernagel viel zu ähnlich sah.

„Du hast mich schon sehr gut verstanden, Vera!"

Ein Stück weiter unten, an meiner Manteltasche, klebte ein Büschel Haare. Ich begann so sehr zu würgen, dass mir die Kehle wehtat, während alles hinter meiner Stirn das dringende Bedürfnis verspürte, wieder ohnmächtig zu werden. Der Rest meines Körpers aber wollte nur noch eins. Weg! Was auch immer geschehen war!

Verzweifelt sprang ich auf, stieß Kleinmädchenzöpfe und Windelcordhose zur Seite, hechtete zur Tür, während ich meine Schritte durch die leere Fabriketage hallen hörte und dann die Stimme von Kindergesicht.

Sie lachte, höhnisch und aus voller Kehle.

„Das wird dir nichts nützen, Vera!", rief sie, während ich die Tür aufriss, hinter der sich tatsächlich das rettende, helle Treppenhaus öffnete. Die Wände mit Graffiti bedeckt, in der Mitte ein riesiger, alter Gitterfahrstuhl – und links und rechts davon ein Abgrund. Weil die Stufen fehlten...!

Ich saß in der Falle!

„Du hast drei Menschen getötet, Vera! Und du wirst dafür geradestehen! Hast du das gehört?"

Der blaue Rufknopf des Fahrstuhls leuchtete! War das Ding noch in Betrieb? Panisch hieb ich meine Handfläche dagegen. Einmal, zweimal.

Da machte der ganze Kasten tatsächlich einen Ruck. Gab das Schloss des Scherengitters frei, das dem Fahrstuhl als Tür diente...

„Ich finde dich, Vera!"

Sanftes Schaukeln unter meinen Füßen. Leises Quietschen. Ich war in Sicherheit. Hier, in meinem Fahrstuhlkäfig.

„Überall finde ich dich! Hörst du?"

Hoch über mir schrie das Kindergesicht. Aber nur noch ganz leise, während der große, alte Gitterkasten mich Richtung Erdgeschoss trug.

Und dort nicht hielt.

Sondern weiter in den Keller fuhr.

Und noch ein Geschoss tiefer.

Zwei Geschosse...

Noch tiefer.

Und stehenblieb. Mitten im Schacht.

3. SACKGASSE

Eine Weile hatte ich noch versucht, auf der Tafel herumzudrücken, mit der sich die Etagen auswählen ließen, aber geregt hatte sich nichts. Dass alle Knöpfe statt nur einem leuchteten, hätte mich von Anfang an misstrauisch machen sollen. Jetzt waren sie aber immerhin die einzige Lichtquelle in meinem ansonsten stockdunklen Gefängnis. Außer meinem Handy, das sich tatsächlich noch in meiner Manteltasche befunden hatte. Frisch aufgeladen. Laut der Uhr auf dem Display war ich nämlich vor gerade mal einer halben Stunde von Zuhause losgegangen, wenigstens konnte ich also nicht allzu weit weggebracht worden sein. Andererseits würde mein Drehbuchagent, mit dem ich mich hatte treffen wollen, erst jetzt überhaupt anfangen, auf mich zu warten, auch sonst würde mich so schnell niemand vermissen, und an Telefon- oder WLAN-Empfang, um jemanden anzurufen, war hier unten nicht zu denken. Verzweifelt betrachtete ich das Hintergrundbild des

Homescreens. Mein Sohn und mein Mann, lachend, an einem Strand in Schottland im vergangenen Jahr. Nicht nur für mich, auch für sie – ich musste hier wieder raus, egal wie! Das Licht des Displays streifte meinen Mantel, reflexartig drehte ich das Handy von mir weg. Was immer in dem verdammten Spind gewesen war und jetzt an mir klebte – es hatte viel zu menschlich ausgesehen, als dass ich es jetzt nochmal betrachten wollte. Zumal es keine Option war, meine grässlich besudelten Sachen einfach auszuziehen, wegen der erbärmlichen Kälte hier unten.

„Dieser dämliche Kasten! Nie macht er, was er soll!"

Eine Stimme! Irgendwo weit unter mir. Warm, sonor, ziemlich wahrscheinlich von einer Frau – aber nicht die von Kindergesicht!

Aber von ihrer Komplizin? Die möglicherweise für den Inhalt des Spinds verantwortlich war, in dem ich jetzt ebenfalls landen sollte? Nur, welche andere Möglichkeit gab es, von hier zu entkommen? Einmal mehr dachte ich an meinen Mann und meinen Sohn – und entschied, dass ich keine Wahl hatte.

„Hallo? Können Sie mich hören? Ich bin hier eingesperrt!"

„Ich weiß!", hörte ich die Stimme dumpf von unten, „ich hole einen Hammer."

Das klang nicht gut.

Stille.

Viel zu lange.

Plötzlich ein ungeheures Scheppern, der gesamte Gitterkäfig bebte und rasselte ohrenbetäubend laut.

Bevor mein Gefängnis einen Ruck machte und ein kurzes Stück weiterfuhr, nach unten, und dort wieder stehenblieb. Schummerlicht statt Dunkelheit. Vor meiner Käfigtür tat sich jetzt ein schmaler Kellergang auf, beleuchtet von drei alten Stehlampen, die versetzt hintereinander an den Wänden standen. Was erstaunlich einladend aussah, hätte sich davor im Gegenlicht nicht eine Silhouette abgezeichnet: Eine Gestalt in einem langen Mantel, mit einem großen Hammer in der Rechten.

Schlagartig wieder panisch drückte ich mich in die hinterste Ecke des Käfigs, überlegte verzweifelt, wie ich das Scherengitter verschließen könnte, um den Eindringling draußen zu halten – der das Gitter aber bereits mit Schwung öffnete. Blitzschnell...

„Hhhhhh...!", entfuhr mir ein Entsetzenslaut.

„Hhhhhh...!", erwiderte der Grund meines Entsetzens, klang dabei ebenso erschrocken wie ich selbst und ließ den Hammer los. Klirrend fiel er auf den Boden.

„Ent...schuldigung, ich ... wollte nicht...", stammelte die Gestalt, machte einen kleinen Satz nach hinten und hob beschwichtigend die Hände.

„Ist schon gut", entgegnete ich leise und ehrlich erleichtert.

„Willst du vielleicht … herauskommen?"

Der Hammer lag jetzt ein ganzes Stück weiter hinten auf dem Betonboden. Zu weit weg, um abrupt danach greifen und mich doch noch niederschlagen zu können. Schlimmstenfalls wäre es zumindest möglich wegzurennen, entschied ich – und nickte.

Ganz langsam, auch weil meine Beine vom Schreck noch zitterten, verließ ich den Gitterkäfig.

Im Licht der Stehlampen konnte ich jetzt eine Frau in einem bodenlangen, schwarzen Strickmantel erkennen. Dafür, dass sie mich eben so sehr erschreckt hatte, war sie erstaunlich klein – und erstaunlich alt, sicher schon Ende 60. Ihr zu einem strengen Knoten am Hinterkopf zusammengebundenes Haar war bereits gänzlich silbern, genau wie ihre Brauen und Wimpern, die zwei dunkelgrüne, sehr müde aussehende Augen umrahmten. Mit denen musterte sie mich besorgt.

„Bist du vor ihr weggelaufen?"

Ich nickte noch einmal.

„Gut. Hier bist du sicher."

Sie drehte sich um, ging mit kleinen, festen Schritten durch den Gang mit den Stehlampen ins Innere des Kellers. Der Saum ihres Strickmantels wehte dabei elegant im Luftzug und mir fiel auf, dass sie beim Laufen viel jünger aussah als eben am Fahrstuhl. Ihr Gang war schnell und auffallend energisch, als wüsste sie kaum wohin mit ihrer Kraft. Ich ging der Frau hinterher, zog dabei – tunlichst darauf bedacht, nicht an mir herunterzublicken – erneut mein Handy aus der Tasche. Vergeblich. Noch immer nicht das geringste bisschen Empfang.

Die Frau und ich waren jetzt am Ende des Kellerganges angekommen. In einer Sackgasse. Vor uns und neben uns Ziegelwände, von denen an einigen Stellen kleine Rinnsale aus Wasser auf den Boden liefen. Ein Hinterhalt? Sofort kehrte die Angst in meinen Körper zurück, beschleunigte mein Herz, schnürte mir die Kehle zu. Umso mehr, als die Frau sich bückte, um eine metallene Falltür anzuheben, die ich auf dem Fußboden zuvor übersehen hatte.

„Entschuldigung, aber … ich bin noch verabredet und habe es … etwas eilig, wo ist hier der Ausgang?", machte ich – hörbar verängstigt – den unbeholfenen Versuch, der Situation noch irgendwie zu entkommen, obwohl ich mit derselben Strategie ja bereits bei Kindergesicht gescheitert war. Die Frau antwortete auch nicht, sondern hob stattdessen die Luke an.

Woraufhin plötzlich Licht von unten in den feuchtkalten Gang drang. Licht, das so hell war, als käme es von draußen! Statt nach frischer Winterluft roch es allerdings nach … frisch gebackenem Brot. Richtig betörend! Mit einem leisen, begehrlichen Knurren vertrieb mein Magen den Angstklumpen, der sich zuvor in ihm festgesetzt hatte, während die Frau sich zu mir umdrehte und mich mit ihren müden Augen direkt ansah. „Sie wird dich überall finden, außer in diesem Keller", meinte sie traurig. „Komm, du solltest dich etwas ausruhen."

Eilig stieg sie einige ausgetretene Steinstufen nach unten, die die Luke zuvor verborgen hatte, und ich folgte ihr.

4. MUTTERSACK

„Du brauchst deine Schuhe nicht auszuziehen, ich muss nachher sowieso noch saugen."

Ein wenig sprachlos blickte ich mich in der Räumlichkeit um, die ich voller naiver Hoffnung für eine Bäckerei mit Fenstern nach draußen gehalten hatte. Stattdessen blickte ich mich jetzt in einer erstaunlich geräumigen, aber gänzlich fensterlosen Wohnküche um. Taghell war es hier trotzdem. Mehrere übergroße Industrielampen mit Tageslichtbirnen beleuchteten eine blitzsaubere, orangerot glänzende Einbauküche, einen großen, alten Esstisch aus dunklem Holz, um den acht unterschiedliche Vintagestühle standen, und einen ganzen Urwald aus Zimmerpflanzen, die in riesigen Kübeln entlang der Wände platziert waren. Deren nackte Ziegel ließen sich hinter Blättern und Ranken bestenfalls noch erahnen, was den Raum aussehen ließ, als hätte jemand die Wohnmagazin-Version einer Berliner Hipster-Altbauküche versehentlich im Dschungel verloren.

„Sehr schön haben Sie es hier."

„Ich gebe mir Mühe", entgegnete die Frau und lächelte. „Du kannst gerne ‚du' sagen. Ich bin Ana."

„Danke, ich ... bin Vera."

Ana musterte mich besorgt von oben bis unten.

„Dein Nasenbein braucht ein Coolpack und dein Mantel braucht eine Waschmaschine. Bist du hingefallen?"

Sie deutete so unverblümt in Richtung der menschlichen Überreste, die noch immer an mir klebten, dass mir der Atem stockte.

„Ich ... weiß nicht..."

„Zieh mal aus. Mein Kurzwaschgang und mein Trockner brauchen dafür höchstens eine Dreiviertelstunde."

Ana machte einen Schritt auf mich zu und ich zuckte verunsichert zurück. Woraufhin sie mich erneut musterte, diesmal mit sehr wissendem Blick.

„Hat sie dir gesagt, du hättest jemanden getötet? Bist du deshalb vor ihr weggelaufen?"

Ich nickte, ehrlich überrascht.

Ana seufzte.

„Dass sie das ernsthaft immer wieder schafft..."

Mit einem verärgerten Kopfschütteln öffnete sie einen der Küchenunterschränke, zerrte dort einen großen, durchsichtigen Plastikbehälter heraus, der zusammen mit fünf anderen seiner Art den Schrank bis in den letzten Winkel ausfüllte und wuchtete ihn auf den Küchentisch.

„Lass dir bloß keine Angst einjagen, das ist nur ihre Masche. Bei mir hat sie das auch gemacht."

„Wirklich...?"

Es dauerte einen Moment, dann aber blickte ich doch nochmal an mir herunter. Ganz vorsichtig. Die halbe Ohrmuschel, der Fingernagel und das Büschel Haare waren noch da. Oder das, was ich dafür gehalten hatte – und das jetzt viel eher aussah wie vergammeltes Laub und Straßendreck. Auch der Gestank war verschwunden.

„Puh, na ... das ist ja ... phhh..."

Vergeblich bemühte ich mich, nicht allzu sehr zu zeigen, wie viele Felsbrocken mir gerade vom Herzen fielen und wie beschämt ich zugleich darüber war, einer ganz offensichtlich Verrückten so auf den Leim gegangen zu sein.

Ana bot mir einen Stuhl an. Ich setzte mich, ohne den Mantel auszuziehen, während sie den Deckel der bis zum Rand mit Pflasterpäckchen, Salben, Medikamentenfläschchen und Kopfschmerztabletten gefüllten Plastikbox öffnete und eine Schachtel Ibuprofen herausholte.

„Gefährlich ist sie leider trotzdem, wie du ja an deinem Nasenbein sehen kannst. Aber mit der Zeit wirst du dich dran gewöhnen."

Ana verschloss den Behälter wieder und stopfte ihn zurück zu seinen Geschwistern in den Küchenschrank.

„Dran gewöhnen? Wie ... meinst du das?"

Statt zu antworten angelte Ana jetzt ein Glas vom Küchenregal und öffnete den Kühlschrank. Auch der war bis in den letzten Winkel gefüllt. So dicht, dass sein Inhalt aussah wie ein Schattenriss, weil es die Beleuchtung durch die Stapel von Aufschnitt- und Margarinepackungen, Schraubgläsern, Tetra Paks und Gemüseschalen nicht mehr nach draußen schaffte. Sie nahm eine Flasche Sprudel aus der Kühlschranktür, stellte sie zusammen mit dem Glas neben das Schmerzmittel vor mich auf den Küchentisch und seufzte.

„Du wirst dich vor ihr verstecken müssen. Was glaubst du, weshalb ich seit über zwanzig Jahren hier unten lebe statt draußen mit Terrasse und Morgensonne und Blick auf den Landwehrkanal?"

„Du machst einen Scherz, oder?"

„Leider nicht." Ana gnibbelte verlegen am Nagelbett ihres Daumens. „Mittlerweile bin ich aber richtig gerne hier. Die Lage ist super. Nur zwei Minuten bis zum U-Bahnhof Moritzplatz."

Ungläubig versuchte ich, in Anas erschöpftem Gesicht Anzeichen dafür zu finden, dass sie mich doch veralberte.

Aber ihr Blick war todernst.

„Nimm besser ein Schmerzmittel. Vielleicht wirst du gleich vor ihr wegrennen müssen. Das packst du sonst nicht."

Erst jetzt fiel mir auf, dass die Jugendberatung damals auch direkt am Moritzplatz gewesen .war. Hatte Kindergesicht mich tatsächlich in Herrn Ecksteins früherem Büro festgehalten? Was wäre das für ein absurder Zufall? Tatsächlich konnte ich mich noch genau daran erinnern, wie ich nach der ersten Beratung damals im Hof des Gebäudes gestanden und durchgeatmet hatte. Voller Angst, dass das Gespräch, das ich gerade heimlich geführt hatte, nicht alles noch schlimmer machen würde. Aber zum ersten Mal war da auch ein winziger Hoffnungsschimmer gewesen.

Zu Recht. Alles war gut geworden.

Nein, nicht alles. Aber ganz sicher mehr als genug, um es mir nicht kaputtmachen zu lassen! Wut stieg in mir hoch.

„Hör mal! Ich habe ein Leben. Ein echt schönes! Und ich werde verdammt nochmal nicht zulassen, dass diese Irre daran irgendetwas ändert!"

Spürbar nervös biss Ana sich auf ihre Unterlippe, gnibbelte dabei weiter an ihrem Daumen, ihr Nagelbett begann zu bluten.

„Und ... wie willst du das anstellen?", fragte sie dann.

„Ich gehe zur Polizei. Was sonst?", entgegnete ich. „Und du solltest das auch tun!"

„Ich möchte nicht zu negativ erscheinen, aber glaubst du ernsthaft, dass die Polizei dir helfen kann, wenn du bedroht wirst?"

„Natürlich!", wollte ich antworten. „N..." bekam ich aber nur heraus, bevor meine Stimme stockte.

Weil ich mich an die Eingangstür der Wohnung meiner Kindheit erinnerte. Die war auf Anweisung der Vermieterin schließlich mit Stahl verstärkt worden, nachdem mein Bruder sie dreimal hintereinander eingetreten hatte. Zwar hatten entweder ich oder unsere Nachbarn immer vorher die Polizei gerufen, der Einsatzwagen war aber jedes Mal zu spät gekommen. Noch heute verschwieg ich meinen Eltern und deren gesamtem Umfeld meine Adresse. Die Gefahr, dass meine Mutter sie an Andreas weitergab und er dasselbe dann mit meiner Wohnungstür machte, war einfach zu groß.

„N...nein", vervollständigte ich deshalb meine Antwort anders als geplant und mit einem Kloß im Hals.

„Zumindest mit der Wohnungssuche wird es kein Problem geben. Hier im Keller ist noch genug frei."

Ich überlegte kurz, ob ich Anas Angebot vollkommen wahnsinnig oder doch rührend finden sollte.

„Nicht nötig", entgegnete ich schließlich leise. „Ich wohne seit vielen Jahren in einer Art Versteck."

„Ich wünsche dir von Herzen, dass du recht hast."

Ana öffnete den mittleren Oberschrank, der beeindruckend risikofreudig gestapeltes Geschirr für sicher mehrere Dutzend Menschen enthielt, fischte ein Dessertschälchen heraus und stellte es ebenfalls auf den Tisch.

„Du solltest was Kleines essen, bevor du die Ibus nimmst."

„Danke, ich habe keinen..."

„Sonst ist das so schlecht für den Magen", unterbrach Ana mich resolut und öffnete den Nachbarschrank.

Stapel aus Nudel-, Mehl und Haferflockenpaketen, stattliche Vorratsgläser voller Nüsse, Linsen, Trockenfrüchte, Körbe mit Bergen von Zwiebeln und Knoblauch, tütenweise Aufbackbrötchen und Snacks...

„Wie viele Leute wohnen hier eigentlich?"

„Nur ich. Wieso?"

„Nur so", antwortete ich, ehrlich überrascht.

Ana verstand.

„Ich gehe ... nicht so gern nach draußen. Wenn ich es tue, kaufe ich lieber immer ein bisschen mehr. Oder ich bestelle im Internet, da gibt es Mindestmengen. Aber ich habe oft Gäste, das wird immer alles alle", erklärte sie verlegen.

Ana holte eine Tüte mit Rosinen und Nüssen heraus, riss sie auf und füllte mit dem Inhalt das Dessertschälchen.

„Und für die Gäste ist das dann hier ... nicht irgendwie gefährlich?"

Ana hielt inne. Sie sah mich direkt an und mit einem Mal war alle Müdigkeit aus ihrem Gesicht verschwunden. Ihre Augen blitzten hinter ihren weißen Wimpern. Verschwörerisch – und ganz schön irre.

„Ich weiß nicht, warum", flüsterte sie dann, „aber sie hat Angst vor diesem Keller. Sie traut sich nicht hier runter."

Ich musste schlucken. So aufgeräumt Ana und ihre Behausung auf den ersten Blick wirkten – es war trotzdem offensichtlich, was für einen Schaden die absurde Lebenssituation bei ihr hinterlassen hatte. Wenn der Schaden nicht vorher schon da gewesen war. Ein gesunder Mensch versteckte sich doch nicht jahrzehntelang unter der Erde.

Auch wenn die arme Frau zumindest nicht gefährlich wirkte, mein Drang, diesen Ort so schnell wie möglich zu verlassen, wurde immer größer. Ich wollte nur noch nach Hause, von meinem Mann in den Arm genommen werden und dann zur Polizei. Trotz allem. Außerdem wartete mein Agent ja auch noch auf mich und sollte zumindest Bescheid wissen.

„Sag mal..., du hast hier nicht irgendwo Handyempfang oder WLAN oder sowas?"

„Muttersack."

„Was...?"

„Muttersack. Das ist das WLAN-Passwort."

„Ach ... ach so..." Ich musste lachen, während mir zum zweiten Mal in diesem Keller ein ganzes Gebirge vom Herzen fiel.

„Meine Freundin hat das eingerichtet. Ist ein Insider-Joke. Sie verarscht mich immer, weil ich so viele

Sachen dabei habe, wenn wir nach draußen gehen." Ana deutete zu einer kleinen, fast bis zum Platzen prallvollen Bauchtasche, die über einer der Stuhllehnen hing. „Aber wenn sie eine Nagelfeile braucht oder Pfefferminzbonbons..."

Ich holte mein Handy aus der Tasche, buchte mich ins einzige verfügbare WLAN ein.

M...u...t...t...e...r...s...a...c...k...

„...oder einen Kamm oder ein Taschenmesser oder eine Powerbank..."

Voller Empfang! Sogar WLAN-Call! Vor Erleichterung wurde mir schwindelig.

„...oder ein Ladekabel oder einen USB-Stick oder Lippencreme oder Nähzeug..."

Mit einem halben Ohr hörte ich Ana weiter zu, tippte mich dabei mit klopfendem Herzen zur Nummer meines Mannes in der Favoritenliste.

„...oder ein Regencape oder einen Kugelschreiber oder eine Pinzette oder einen Einkaufsbeutel oder Kopfschmerztabletten..."

Die Favoritenliste war ... leer. Kein einziger Eintrag! Auch in meinen normalen Kontakten stand – nichts mehr!

„...oder ein Feuerzeug oder Knöterichtinktur gegen Lippenbläschen..."

Auch meine Fotos waren alle gelöscht, genau wie meine E-Mails, sämtliche Messenger- und Social-Media-Apps und alle persönlichen Dateien in meiner Cloud!

„...oder eine Schere oder ein Blasenpflaster..."

Nicht einmal mehr das Bild von meinem Mann und meinem Sohn war noch auf dem Display. Dabei hatte ich es vorhin im Fahrstuhl doch noch gesehen!

„...eben diese ganzen Dinge, die du unterwegs immer garantiert dann brauchst, wenn du sie nicht dabei hast..."

Verunsichert tippte ich die Nummer meines Mannes per Hand ein, wartete mit klopfendem Herzen auf das Freizeichen.

„Deshalb ... habe ich eben lieber immer alles dabei. Wie andere einen Regenschirm. Damit ich dann – gar nichts brauche."

„Diese Nummer ist uns nicht bekannt. Bitte rufen Sie die Auskunft an", schnarrte eine Computerstimme aus meinem Handylautsprecher, während Ana ein wenig irre kicherte und mich anstrahlte. So, als hätte sie gerade einen richtig guten Witz gemacht. Mir war gerade aber so gar nicht zum Lachen zumute, nachdem auch die Nummer meines Sohnes ins Leere geführt hatte.

Erst jetzt bemerkte Ana, dass ich mit meinen Gedanken woanders war. Sie räusperte sich etwas beschämt und blickte zu Boden.

„Tut ... mir leid, das interessiert dich wahrscheinlich gar nicht..."

„Doch, natürlich", log ich, weil sie mir leidtat. „Ich bin nur etwas abgelenkt. Mein Telefon spinnt gerade." Schmerzvoll wurde mir klar, dass ich keine weiteren Nummern mehr auswendig kannte. Bis auf die meiner Eltern, die ich jetzt ganz sicher nicht anrufen würde...

Als mein Handy plötzlich klingelte! Eine fremde Nummer! Hektisch nahm ich den Anruf an.

Grässliches schrilles Scheppern am anderen Ende.

Erschrocken riss ich mein Telefon vom Ohr – und bemerkte dabei, dass Ana ihres in der Hand hielt.

„Entschuldige", meinte sie. „Ich vergesse immer, dass es bei sowas Rückkopplungen gibt."

„Hast du mich eben angerufen?"

„Ja. Ich dachte, es macht Sinn, zu testen, ob das Telefon noch funktionie..."

„Woher hast du meine Nummer?"

5. EISENSTANGE

Über eine mir endlos scheinende Anzahl wackeliger, wie selbst gebaut wirkender Wendeltreppen hatte Ana mich aus ihrem Keller an die Erdoberfläche geführt. Tatsächlich in genau jenen Hinterhof, den ich aus Jugendtagen kannte. Kalte, frische Winterluft.

Wie damals atmete ich durch, auch diesmal mit gemischten Gefühlen. Über die Maßen erleichtert, es bis hierher geschafft zu haben, aber in ständiger Angst vor dem Auftauchen von Kindergesicht und davor, dass Ana sich doch noch als gefährlich entpuppen könnte.

Die Frage nach der Herkunft meiner Telefonnummer hatte sie nämlich bis zuletzt nicht beantwortet. Stattdessen hatte sie mir ein Coolpack für mein Nasenbein in die Hand gedrückt und angeboten, mir für die Fahrt nach Hause auf ihre Kosten ein Uber zu rufen. Ich hatte dankend abgelehnt, aus Angst, dass sie so auch noch in den Besitz meiner Adresse gelangen könnte.

Wie blauäugig dieser Gedanke gewesen war, bemerkte ich auf dem Bahnsteig des U-Bahnhofs. Weil zwar mein Handy und meine Schlüssel noch in meiner Manteltasche waren, nicht aber mein Portemonnaie. Perso, Führerschein, Kreditkarten, die Kopie meiner Fahrzeugpapiere – es würde Wochen dauern, das ganze Zeug wiederzubeschaffen...

In der Hoffnung, dass zumindest unser Familienkonto noch nicht abgeräumt worden war, googelte ich mit meinem Handy die Notrufnummer meiner Bank, was zu meiner Erleichterung problemlos funktionierte.

„Wer auch immer Sie sind, ich finde bei uns weder etwas unter Ihrem Namen, noch unter ihrer Kontonummer. Bitte legen Sie jetzt auf, sonst werde ich es tun!"

Ich hatte sicher zehn Minuten mit der Frau vom Kundenservice diskutiert. Darüber, dass mein Mann und ich seit Jahrzehnten Kunden waren und sogar unser Wohnungskredit über ihre Bank lief. Nichts!

Mittlerweile fast ebenso panisch wie unten im Fahrstuhl beendete ich das Gespräch. Verzweifelt erinnerte ich mich an einen Artikel über Identitätsdiebstahl, den ich in irgendeinem Online-Magazin gelesen hatte: Kriminelle in den USA hatten die persönlichen Daten einer Frau gehackt, die daraufhin nicht mehr beweisen konnte, dass sie überhaupt existierte. Wäre so etwas auch in Deutschland möglich? Hatte Kindergesicht mein Leben gestohlen und das Leben meiner Familie noch dazu? Immerhin gab es zuhause noch unsere Reisepässe, versuchte ich mich zu beruhigen, während die U-Bahn einfuhr.

Ich sprang in den hintersten Waggon, drückte mich direkt neben die Tür, um beim Schwarzfahren notfalls noch einer Kontrolle entgehen zu können, betrachtete in der Scheibe das Spiegelbild meines komplett verdreckten Mantels und meiner mittlerweile dick angeschwollenen Nase. Ein elender Anblick – von dem aber niemand außer mir Notiz zu nehmen schien. Alle im Waggon starrten seelenruhig durch mich hindurch und dann weiter auf die Bildschirme ihrer Handys.

Weil sie mich – vielleicht gar nicht sahen?

Was, wenn ich von dem verdammten Spind erschlagen worden und bereits tot war, ohne es zu wissen? Schließlich gab es doch jede Menge Theorien, Bücher, Filme zu genau diesem Phänomen. „Blödsinn!", gab ich mir selbst einen Ruck. War das Desinteresse der anderen sonst doch etwas, was ich an meiner Heimatstadt mit am meisten liebte. In Berlin ließen alle einander auch im öffentlichen Raum grundsätzlich Privatsphäre, solange niemand grob gestört wurde oder offensichtlich in einer Notlage war. Verdreckte Kleidung oder desolate Zustände wurden ebenso geflissentlich ignoriert wie Schwertkampftraining in der U-Bahn, extreme oder extrem nachlässige Outfits, offensichtlicher Promistatus, Nacktsonnen auf dem Grünstreifen, das Beschwören von Dämonen in der Unterführung, Kacken im Gebüsch...

Der Anpassungsprozess der frisch Zugezogenen an dieses ungeschriebene Gesetz war in den letzten Jahren bestens an unserem Nachbarn Felix zu beobachten gewesen. Einem netten Jungen vom Land, der sich in seinen ersten Berlin-Monaten sogar für die Vorlesungen seines Physik-Studiums noch aufgebrezelt hatte wie für ein Hipster-Modeshooting. Im festen Glauben, er müsse das so machen, hier in der Metropole. Heute, vier Jahre später, bestand Felix' Standardoutfit sogar beim Ausgehen aus einer verblichenen, ausgeleierten Jogginghosen-und-T-Shirt-Kombination, die aussah, als würde er in ihr auch schlafen. Attraktiv schien er auf Mitmenschen jedwelchen Geschlechts trotzdem zu wirken. Zumindest nach den lautstarken Kopulationsgeräuschen zu urteilen, die zu den unterschiedlichsten Zeiten durch seine Zimmerdecke zu uns nach oben in die Wohnung drangen.

Ich musste grinsen, trotz allem, was vorgefallen war, und mit einem Mal überkam mich sogar ein winziger Anflug von Vorfreude. In etwas mehr als einer Viertelstunde würde mein Mann mich in genau dieser Wohnung im Arm halten und mich trösten und alles würde wieder gut werden. Alles. Egal wie. Nicht Kindergesicht oder Ana, nicht mein Handyprovider und auch nicht meine Bank würden das verhindern können!

Am U-Bahnhof Neukölln stieg ich aus, schob mich durch das Gedränge zur Treppe nach oben. Erleichtert bemerkte ich, dass mehrere Menschen, die mir entgegenkamen, einen Schritt zur Seite machten, um mir auszuweichen. Zu sehen war ich also noch, und damit ziemlich wahrscheinlich wirklich nicht tot. Beflügelt von dieser Erkenntnis lief ich schneller. Die Treppe nach oben, an der Sperrmüllecke vorbei. Der Spind war verschwunden.

Etwas verwundert blieb ich stehen. Dort, wo der graue Kasten gestanden hatte lag jetzt nasses, welkes Laub, dekoriert mit den Verpackungsüberresten eines YumYum-Nudelsnacks, zwei gebrauchten Spritzen, einem abgelösten Pflaster und einem leeren Grastütchen. Nichts deutete darauf hin, dass hier vor anderthalb Stunden irgendwas auch nur ansatzweise Dramatisches vorgefallen war. Hatte ich mir das alles nur eingebildet?

Nein! Dazu schmerzte mein geschwollenes Nasenbein zu sehr und an den Schlag vor der Ohnmacht konnte ich mich viel zu deutlich erinnern.

Andererseits – hätte nicht irgendjemand etwas mitbekommen müssen? Die Menschen hier ließen sich zwar gegenseitig komplett in Ruhe, wenn sie das Gefühl hatten, dass genau dieses Verhalten gewünscht war, aber in Notlagen halfen sie sofort und wenn Gewalt im Spiel war, gingen sie dazwischen. Furchtlos und sehr resolut. Am häufigsten die Großmütter mit Kopftuch. Von denen kamen hier jede Menge vorbei, weil neben der

Sperrmüllecke der Eingang eines riesigen Discounters war. Wie hatte Kindergesicht es angestellt, mir ausgerechnet hier mitten am Tag eins überzuziehen und mich mitzunehmen?

Irgendwas fühlte sich plötzlich komisch an. In meinem rechten Schuh. Ganz warm und – irgendwie nass...

„Fuck!", entfuhr es mir, während die kniehohe Promenadenmischung, die gerade ihr Bein an meinem gehoben hatte, erschrocken einen Satz zur Seite machte.

„Zu wem gehört dieser verdammte Köter?"

Wütend blickte ich mich um, aber da war niemand, den der Vorfall zu interessieren schien. Das, was aussah, als hätte eine Füchsin mit einem Schäferhund ein Kind gemacht, strich jetzt mit besänftigendem Schwanzwedeln um meine Beine. Das Tier trug kein Halsband und war von oben bis unten verdreckt. Ein Streuner?

„Entschuldige, ich ... wollte dich nicht erschrecken", sagte ich leise, weil ich keinem Hund länger als ein paar Sekunden böse sein konnte. „Hast du kein Zuhause?"

„Hunde können nicht sprechen."

Eine tiefe, etwas heisere Kinderstimme, direkt hinter mir. Ich fuhr herum. Dort, wo vorhin der Spind gewesen war, stand ein blasser, pausbäckiger Junge in einem viel zu großen, augenverletzend neonorangefarbenen Hoodie. Vielleicht acht Jahre alt. Oder doch ein Mädchen? Oder nichts von beidem? Das Kind hatte die Kapuze zu tief in die Stirn gezogen, um das ausmachen zu können.

So unverhohlen feindselig blickte es durch mich hindurch, dass ich erschrocken einen Schritt zurück machte – und dann noch einen, als ich sah, dass seine rechte Faust ein baseballschlägerlanges, rostiges Metallrohr umklammerte. So, als wolle es gleich damit zuschlagen.

Ich flüchtete. Zwar mit ruhigen, nicht zu großen Schritten, um nicht unnötig zu provozieren, aber schnell genug, um außer Reichweite des Metallrohrs zu gelangen. Wurden eigentlich alle immer gestörter? Jetzt auch schon die Kinder?

Ganz kurz überkam mich ein Anflug boomerhaft-selbstmitleidigen Weltschmerzes, der sich dann aber mit Bildern aus meinen Erinnerungen mischte. Mit Bildern von einer Eisenstange in einer Kinderhand. Meiner Kinderhand. Kein rostiges Metallrohr allerdings, sondern ein sonnengelbes, dessen wahre Bestimmung gewesen war, mithilfe eines Gewindes und zweier dicker Gummiringe in die Wohnzimmertür geklemmt und dadurch zu einer Reckstange zu werden.

Meine Mutter hatte es angeschafft, damit Dickmadam daran Übungen machen und so ihrer Pummeligkeit entgegenwirken konnte. Aufgrund meines bis heute nicht mal ansatzweise vorhandenen Talents für Auf- und Unterschwünge hatte sich das gelbe Ungetüm aber die meiste Zeit in der Ecke hinter meiner Zimmertür gelangweilt – und war deshalb grundsätzlich zu sehen gewesen, wenn mein Bruder meine Mutter verprügelt hatte. Weil ich aus Angst vor seinen Schlägen ja immer in mein Zimmer geflüchtet war und mithilfe meines unter die Klinke geklemmten Schreibtischstuhls die Tür verschlossen und abgewartet hatte.

Zuerst das lautstarke Streiten der beiden, dann die Schreie meiner Mutter, das Poltern und Krachen, und dann die Stille. Stille, in die ich mit vor Angst klopfendem Herzen hineingelauscht hatte, bis Schritte oder wenigstens leises Gewimmer meiner Mutter zu hören gewesen waren und ich dadurch gewusst hatte, dass sie noch am Leben war.

An einem Tag hatte es bis zu einem Lebenszeichen noch länger gedauert als sonst. So lange, dass die Angst um meine Mutter beim Warten fast unerträglich geworden war. So unerträglich, dass ich nie wieder solche Angst hatte haben wollen. Nie mehr!

Deshalb hatte ich dann die Turnstange genommen, war mit ihr so leise, wie es nur ging aus meinem Zimmer und in den Flur gegangen. Zu meinem Bruder, von dem ich wusste, dass er jetzt dort vor unserem Telefontisch auf dem Boden hockte, mit dem Hörer am Ohr. Irgendeinem Mädchen Schmeicheleien ins Ohr säuselnd, das nichts von alledem wusste, was gerade wieder passiert war, drehte er mir den Rücken zu.

Die Turnstange war viel zu schwer für mich gewesen. Weshalb ich einen Moment überlegt hatte, wie ich möglichst geräuschlos Schwung holen könnte, um sie dann auf seinen Kopf krachen zu lassen. Schließlich hatte ich das gelbe Ding in beide Hände genommen, es mittig angefasst, um es irgendwie noch oben zu kriegen, schwankend und wankend bei dem Versuch, das unförmige Monstrum irgendwie auszubalancieren.

Das plötzlich von hinten festgehalten wurde.

„Pass doch auf mit dem Ding! Du machst noch was kaputt!"

Meine Mutter hatte hinter mir gestanden, mit einem schiefen Lächeln. Das aber wohl nur auf die Schwellung ihrer rechten Gesichtshälfte zurückzuführen war, die ihren Mundwinkel angehoben hatte.

Furchtbar beschämt und in panischer Angst davor, dass Andreas meine wahre Absicht erkennen und sich rächen würde, war ich in mein Zimmer geflüchtet.

Bis heute wusste ich nicht, ob meiner Mutter klar gewesen war, was ich vorgehabt hatte. Aber ihr Auftauchen und Eingreifen in diesem Moment gehörte zu den wenigen Dingen, für die ich ihr immer und von ganzem Herzen dankbar sein werde.

Wie gedankenverloren ich auf dem Weg von der Sperrmüllecke bis nach Hause gewesen war, fiel mir erst beim routinemäßigen Rundumblick vor der Haustür auf. Eine Handlung, die ich seit Jahrzehnten verinnerlicht hatte, um sicherzugehen, dass mein Bruder nicht irgendwo lauerte.

Kindergesicht war mir zum Glück nicht gefolgt, aber jemand anderes. Mit leisem Fiepen strich die Promenadenmischung einmal mehr um meine Beine, schmiegte sich an mich, wedelte mit dem Schwanz und versetzte meinem Herzen einen spürbaren Stich.

„Ich kann dich nicht mit hochnehmen, so gern ich es würde", meinte ich leise. Weil jetzt, so nah an den Armen meines Mannes und der Ruhe unseres Sofas, meine Kräfte wirklich am Ende waren. Noch dazu bestand die Gefahr, dass es bei uns oben in der Wohnung zu einer handfesten Beißerei mit unserem Pudel kommen würde.

Andererseits fand der arme Kerl alleine ziemlich sicher nicht mehr nach Hause, wo auch immer das war. Gegen alle Vernunft beschloss ich, den Streuner zumindest kurz mit nach oben zu nehmen, mit ihm im Hausflur zu warten und meinen Mann währenddessen beim Tierheim anrufen zu lassen.

Mit einem kleinen Dankesseufzer an alle mir einfallenden Gottheiten schloss ich die Haustür auf, eilte mit immer größeren Schritten zu uns nach oben – und schlug vor Felix' Tür lang hin. Weil ich nun mal ich und der Hund einfach zu dicht vor meinen Füßen gelaufen war.

Meine Knie schmerzten furchtbar, als ich mich aufrappelte – und dabei hörte, wie in meinem Rücken die Wohnungstür aufging. Sicher wegen des Lärms.

„Hey, Felix, ich glaube, du hast noch ein Paket von uns", versuchte ich die Peinlichkeit mit einem Grinsen zu überspielen. In der Tür stand aber nicht Felix. Stattdessen musterte mich eine ältere, sehr verhärmt aussehende Frau mit schütterem, kaputtblondiertem Haar in einem zerschlissenen Bademantel.

„Hier is keen Paket."

„S...sorry", entschuldigte ich mich verdattert und flüchtete über die Treppe ins nächste Stockwerk, etwas irritiert davon, wie heftig es aus Felix' Wohnung nach Zigarettenqualm gestunken hatte. Felix hasste nichts mehr als genau diesen Geruch. War die Frau seine Mutter und möglicherweise der Grund dafür?

Meine Wohnungstür! So erleichtert, dass ich hätte heulen können, zog ich meinen Schlüssel aus der Manteltasche, schob ihn mit letzter Kraft ins Schloss, drehte um.

„Mein Schönster! Kannst du bitte mal kommen?", rief ich durch den Türspalt in den Flur. „Es ist was passiert!"

Keine Antwort. Auch kein Pudelgebell, normalerweise das Erste, was beim Betreten der Wohnung zu hören war. Nur Stille.

Etwas verwundert öffnete ich die Tür. Hinter der kein Flur mehr war. Zumindest nicht der, den ich kannte.

Denn statt in unserem behaglichen, mit unzähligen Andenken und persönlichen kleinen Schätzen dekorierten Eingangsbereich befand ich mich in einer winzigen, schmucklosen Diele mit zwei vergilbten Türen. Grenzenlos verunsichert öffnete ich die größere der beiden.

Ein winziges, von zerschlissenen Vorhängen abgedunkeltes Zimmer, darin drei Umzugskisten, zwei Stühle – Vintage, aber von der schäbigen Sorte – und eine alte Matratze ohne Bettzeug.

Hinten am Fenster ging eine Kochnische ab. Die Türen der mickrigen, schmutzig-weißen Einbauküche darin hingen schief, im völlig zerkratzten Ceranfeld des Herdes war ein Sprung, und der laut brummende, gänzlich leere Kühlschrank stank.

Wo war ich hier, verdammt nochmal? Der Schlüssel hatte doch gepasst!

Hilflos sah ich mich um, bemerkte erst jetzt den Streuner, der sich auf die abgetretenen, noch in Ochsenblut gestrichenen Fußbodendielen vor eine der Umzugskisten gelegt hatte.

Ich ließ ihn liegen.

Einer der Kartons war offen. In ihm schimmerte etwas. Grün-golden – und mir viel vertrauter, als ich das wollte.

Meine Fotokiste...!

Mehr und mehr zitternd vor Nervosität öffnete ich die mit zwei schnörkeligen Löwen verzierte Blechbox. Genau so eine hatte mein Großvater mir geschenkt, als ich acht Jahre alt gewesen war. Seit dem Umzug in meine allererste Wohnung hatte ich meine Kinderfotos darin aufbewahrt.

Die Fotos, die auch jetzt darin waren!

Meine Eltern, Andreas und ich beim Familienurlaub in Wyk auf Föhr, Sommer 1976..., meine Freundin Sveta und ich beim Ausflug mit Svetas Eltern nach Schloss Sanssouci, Frühjahr 1978..., meine Klassenfotos..., Bilder vom Kinderfasching in Vorschule, Grundschule, Gymnasium...

Seltsamerweise sah ich auf keinem der Bilder auch nur ansatzweise wie eine Dickmadam aus, schoss es mir durch den Kopf, und dann, dass nicht nur ich, sondern auch die Fotos doch in der völlig falschen Wohnung waren! Was war das hier? Ein übler Prank? Hatte ich nach dem Schlag auf die Nase Halluzinationen? Oder nur einen Alptraum?

Beherzt kniff ich mir in den Arm in der Hoffnung, keinen Schmerz zu spüren. Schon mehrfach hatte ich mir im Schlaf auf diese Weise klarmachen können, dass das, was ich gerade erlebte, nicht real war.

Jetzt gerade tat ich mir dabei allerdings selbst so weh, dass mir die Tränen in die Augen schossen.

Endgültig panisch begann ich, die anderen Kisten zu durchwühlen. Küchenutensilien, zusammengewürfeltes Geschirr, ausgeblichenes Bettzeug, ein altes Radio. Verschlissener Krempel, der aussah, als käme er direkt aus dem Sozialkaufhaus. Nichts Persönliches, das darauf schließen ließ, wem diese Wohnung gehörte. Diese Wohnung, die ich mit meinem Schlüssel öffnen und von dem ich mir beim besten Willen nicht erklären konnte, wie sie an die Stelle meiner eigenen Wohnung gekommen war. Meines wundervollen Zuhauses mit den Menschen darin, die ich auf der Welt am meisten liebte, meinem Sohn, meinem Mann, meiner Patentochter. Die Wohnung, in der wir unsere Freunde bekochten, in der wir schrieben und musizierten, lachten, stritten, uns wieder vertrugen, uns auch mal sorgten, aber einander bedingungslos liebten und vertrauten. Ein Ort voller Wärme, Sicherheit und Leichtigkeit, an dem es alles gab, von dem ich als Kind immer geträumt hatte.

Was, durchzuckte mich plötzlich ein furchtbarer Gedanke, wenn dieses Alles vielleicht wirklich nur ein Traum gewesen war...?

Ein viel zu schöner, langer Traum, der am selben Ort begonnen wie geendet hatte? Im Hinterhof der Jugendhilfe am Moritzplatz?

„Du wirst schon sehen, was du davon hast. Von deinem Egoismus und deiner Hartherzigkeit!"

Meine Mutter war nach dem alles entscheidenden Gespräch mit Herrn Eckstein voll offenem Hass gewesen und auch mein Vater hatte mir nie verziehen, dass ich mich feige in Sicherheit hatte bringen wollen, statt bei ihnen zu bleiben und zu helfen. Wo es für sie als Eltern doch schon schwer genug gewesen war mit Andreas' labiler Psyche, und am allerschwersten für Andreas selbst.

Was, wenn meine Eltern recht behalten hatten?

War diese Wohnung das, was ich ... davon hatte? Mein wahres Leben?

Wieder schossen mir die Tränen in die Augen. Diesmal, ohne dass ich mich hätte kneifen müssen.

So entkräftet, dass mir die Beine weich wurden, sank ich auf die Matratze, kauerte mich dort zusammen, weinte. Hemmungslos, bis es meinen ganzen Körper schüttelte.

Verunsichert fiepend kam der Streuner zu mir, beschnüffelte mich. Er stank furchtbar nach nassem Hund.

Mit zitternden Händen begann ich, seinen klebrigen Pelz zu streicheln, spürte, wie er sich an mich schmiegte, bei mir sein wollte. Wenigstens er.

Schluchzend vergrub ich mein Gesicht in seinem Fell.

6. HERZEN, BREZELN, STERNE

Ich lag auf der Matratze, bis es draußen dunkel wurde. Gequält von so brennender Sehnsucht nach meinem Sohn, meinem Mann, meiner Patentochter, dass ich vor Schmerz kaum Luft bekam. Irgendwann schlief ich vor Erschöpfung ein. So wie sonst bei einer Migräneattacke. Diesmal nur leider ohne das erlösende Gefühl nach dem Aufwachen. Denn statt erleichtert festzustellen, dass der Anfall und mit ihm der Schmerz vorüber war, bemerkte ich dieses Mal nur, dass sich nichts, aber auch gar nichts zum Besseren verändert hatte. Beleuchtet vom fahlen Schein der Straßenlaterne, der fast ungehindert durch die löchrigen Vorhänge drang, standen da noch immer die Umzugskisten neben den hässlichen Stühlen auf den ochsenblutfarbenen Dielen vor der gammeligen Kochnische und ich selbst lag weiterhin auf der nackten Matratze. In meinem verdreckten Steppmantel. Weil ich zu kraftlos gewesen war ihn auszuziehen, und weil es so grässlich kalt war im komplett unbeheizten Zimmer.

Wobei ich an meiner Wange immerhin die Wärme des Streuners spüren konnte. An mich gekuschelt, atmete er leise und gleichmäßig und stank dabei vor sich hin.

Nein, er duftete!

Nach dem einzigen lebenden Wesen, das mir noch so etwas wie Zuneigung entgegenbrachte. „Immerhin", versuchte ich mir Mut zu machen. Außerdem hatte ich ein eigenes Dach über dem Kopf und vor meinem Fenster sah es nicht nach Krieg aus – womit ich schon wesentlich besser dran war als eine Menge anderer Menschen auf dieser Welt.

Ganz vorsichtig, um den Streuner nicht zu wecken, holte ich für einen Blick auf die Uhr mein Handy aus der Manteltasche. 17:21 – ich hatte gerade mal eine Viertelstunde geschlafen.

Weil sämtliche Social-Media- und News-Apps auf meinem Handy fehlten, googelte ich zum Wachwerden die Webseiten einiger Zeitungen. Voll banger Erwartung, dass sich, so wie meine Wohnung, auch der Rest der Welt bis zur Unkenntlichkeit verändert hatte. Zu meinem Erstaunen fand ich aber so gar nichts, was mich überrascht hätte. Im Gegenteil! Viele Artikel, zumindest kam es mir so vor, kannte ich bereits von heute Morgen.

War die Welt doch noch dieselbe? Hatte ich gar nicht geträumt? Oder ... war nur ich eine Andere?

Zögernd scrollte ich mich zum Suchfeld meines Browsers, tippte dort mit klopfendem Herzen meinen

Bühnennamen ein. Mein Pseudonym, unter dem ich über 30 Jahre lang Musik und über 20 Jahre lang Bücher und Drehbücher veröffentlicht und damit mein Auskommen bestritten hatte. So erfolgreich, dass es Wikipedia gleich mehrere Einträge wert gewesen war.

Nichts.

Auch nicht unter den Namen meiner Songs, Bücher, Filme...

Warum auch? In diesem verdammten Drecksloch gab es ja nicht einmal eine Gitarre, einen Rechner oder Schreibzeug!

Wie konnte das sein? Musik und meine eigenen Texte waren doch seit meiner Kindheit – also schon lange vor dem Gang zur Jugendhilfe – mein wichtigster, eigentlich mein einziger Anker gewesen, und Bühnen, egal wo, meine wichtigsten Schutzräume. Die Orte, an denen ich Hilflosigkeit, Angst, Wut und Verzweiflung nicht wie sonst hatte verstecken müssen, sondern in meinem Gesang hatte freilassen können – und sie mit anderen teilen, ohne dabei offenbaren zu müssen, was bei uns zu Hause los gewesen war, und damit Verrat zu begehen an meinen Eltern.

In meinem Traum hatte dieser ganz persönliche Ausweg schließlich zum besten Leben von allen geführt. War er in der Realität eine Sackgasse gewesen? Aber wieso in aller Welt konnte ich mich nicht daran erinnern, wie es dazu gekommen war? Es musste doch jede

Menge passiert sein in den vergangenen mehr als fünfunddreißig Jahren! Schließlich war ich definitiv nicht mehr fünfzehn, sondern Anfang fünfzig, das hatte ich in der Spiegelung der U-Bahn-Tür genau gesehen.

Hatte der schöne Traum zu einer Art Amnesie geführt? Weil ich nach ihm das Elend meines wahren Lebens plötzlich nicht mehr ertrug?

Etwas stubste gegen meinen Oberschenkel. Die Pfoten des Streuners zuckten. Jetzt träumte er.

Von einem besseren Leben? So viel besser, dass auch ihn beim Aufwachen die nackte Verzweiflung erfassen würde? Ganz zart strich ich über seinen Pelz, plötzlich erfüllt von einem solchen Gefühl der Verbundenheit, dass mir die Tränen in die Augen schossen.

Bevor ich Angst bekam. Riesige Angst, ihn, meinen einzigen Gefährten hier, auch noch zu verlieren. Ich musste dafür sorgen, dass das nicht geschah. Egal wie!

Durch etwas zu essen?

Schon als es noch hell gewesen war, hatte ich den Magen des Tieres immer mal wieder leise grummeln gehört. Sicher war der arme Kerl genauso hungrig wie ich. Der Kühlschrank war allerdings völlig leer gewesen. Gab es in dieser Wohnung noch irgendwo anders etwas zu essen? Oder wenigstens ein bisschen Geld, um Hundefutter zu kaufen?

Ich erschreckte bei dem Gedanken, dass ich ja gar nicht wusste, wovon ich eigentlich lebte. Hier im Zimmer gab es nicht den geringsten Hinweis. Keine Unterlagen, kein Buch, keine Gehaltsabrechnung.

Hatte ich studiert oder eine Ausbildung – oder zumindest irgendeinen Job?

Allerdings hatte ich bisher weder in die Küchenschränke gesehen noch hinter die zweite Tür, die von der Diele abging. War das Zimmer hier, glomm in mir ein winziger Hoffnungsfunke auf, vielleicht nur ein Abstellraum? Verbarg sich der andere, viel schönere und persönlichere Teil der Wohnung hinter der anderen Tür? Konnte ich dort herausfinden, was für ein Mensch ich geworden war in den vergangenen 35 Jahren?

Zahnputzzeug, ein Stück Seife, ein schmutzig-blauer, bereits etwas angeschimmelter Duschvorhang.

Sonst gab es nichts weiter in dem mit vergilbten Kacheln ausgekleideten Duschklo. Frustriert verließ ich den einzigen weiteren Raum meines neuen Zuhauses, ging zur Kochnische, öffnete die Oberschränke.

Zwei verbeulte Töpfe, ein Ladegerät für mein Handy, eine noch unangebrochene Box Weihnachtslebkuchen vom Discounter. Herzen, Brezeln und Sterne, in Zartbitter.

Immerhin etwas zu essen – für einen Hund nur leider reines Gift.

Im Unterschrank stand neben dem leeren Mülleimer lediglich ein Baumwollbeutel voller Getränkedosen.

Alle von derselben Marke, irgendein Billig-Energy-drink. Für gesunde Ernährung schien ich ebenso wenig ein Faible zu haben wie für Schlaf.

Aber auf Dosen gab es Pfand!

Ich fing an zu zählen: 23 Stück! Am Rückgabeautomaten würde ich dafür fast sechs Euro bekommen! Sicher genug für einige Rationen preiswertes Hundefutter.

Wobei mein Magen jetzt ebenfalls zu grummeln anfing. Kurz ärgerte ich mich darüber, dass ich bei Ana nicht doch etwas gegessen hatte. Wenigstens würden die Lebkuchen ein bisschen satt machen.

Dem Streuner etwas voressen wollte ich aber auch nicht.

Ich beschloss, vorher die Dosen zurückzugeben. In meinem Traumleben war hier gleich um die Ecke ein Pennymarkt gewesen, in dem es nicht nur zwei Pfandautomaten, sondern auch Hundefutter gegeben hatte. War er noch da? Die Straße hatte auf meinem Rückweg ausgesehen wie immer.

Eilig packte ich die Dosen zurück in den Beutel, schulterte ihn, um nach draußen zu gehen – und zögerte. Sollte ich den Streuner hier allein zurücklassen? Oder ihn mitnehmen, auf die Gefahr hin, dass er mir dann weglaufen würde?

Schweren Herzens entschied ich, dass es nicht fair wäre ihn einzusperren.

Also ging ich zur Matratze, streichelte vorsichtig die unvergleichlich samtigen Ohren und Lefzen des Tieres, sog seinen Duft ein.

„Hey, Langschläfer, aufwachen", flüsterte ich.

Woraufhin der Streuner kurz aufblickte und schnaufte.

„Komm, wir holen dir jetzt was zu essen."

Noch ein Schnaufen.

Bevor der Hund seine Nase zurück unter das weiche Fell an seinem Bauch steckte. Um weiterzuschlafen.

„Hey, willst du nicht mitkommen?"

Ruhige Atemzüge, begleitet von einem leisen Schnarchen. Das Tier war wieder eingenickt.

Ehrlich erleichtert darüber, gleich nicht auch noch den Verlust meines einzigen Begleiters betrauern zu müssen, trat ich allein in den Hausflur, schloss hinter mir die Wohnungstür.

„Behringer", las ich dabei auf meinem Klingelschild.

Ein Name, der nicht meiner war. Trotzdem hatte er auch heute Mittag, beim Abschiedskuss mit meinem Mann, bereits an dieser Klingel gestanden. Als Deckname, wegen Andreas. Mein Bruder war – zumindest in meinem Traumleben – während der akuten Phasen seiner Drogenpsychose so voller Hass auf mich gewesen, dass er mehrfach damit gedroht hatte, mich zu töten. Einmal hatte er sich auf einer Polizeiwache sogar selbst angezeigt, im festen Glauben, meinen Mann, meinen Sohn und mich bereits „abgestochen" zu haben.

Erschrocken hielt ich inne. Wenn jetzt, nach meinem Aufwachen, noch immer mein Deckname an der Klingel stand – war die Gefahr durch mein großes Geschwister dann auch ein Teil meines wahren Lebens? Das Mich-Verstecken-Müssen? Der angstvolle Rundumblick bei jedem Verlassen der Wohnung? Die Scham, wenn mich plötzlich irgendwo irgendjemand ansprach mit einem betretenen „Sag mal, stimmt das, dass du einen Bruder hast...?" – um gleich darauf Horrorgeschichten über Andreas zu erzählen, die fast immer etwas mit zertrümmerten Gliedmaßen, sexueller Gewalt und oft genug auch mit darauffolgenden posttraumatischen Belastungsstörungen zu tun hatten?

Enthielt meine neue Wirklichkeit ernsthaft das Schlechteste aus beiden Welten?

Andererseits, schoss es mir durch den Kopf, war Andreas zumindest mir gegenüber doch immer nur aus einem einzigen Grund so aggressiv gewesen: weil mir in meinem Traumleben alles vergönnt gewesen war, wonach er sich – mittlerweile unter gesetzlicher Betreuung stehend, ohne festen Wohnsitz und pendelnd zwischen karitativen Einrichtungen und forensischer Psychiatrie – vergeblich gesehnt hatte.

Was sollte ihn jetzt, wo ich in Wahrheit ohne meinen Mann und meinen Sohn, ohne meine Patentochter, ohne Freunde und ohne meine Karriere dastand, denn noch triggern?

Oder spielte der Name „Behringer" hier in der Realität eine ganz andere Rolle? Hatte ich ihn einfach nur kreativ in meinen Traum eingebaut? Vielleicht, weil ich mit irgendeiner Person verheiratet war, die so hieß? Hatte ich mich gerade getrennt und war deshalb in diesem Wohnloch gelandet?

Vielleicht war Andreas ja auch längst nicht mehr gewalttätig, hatte inzwischen eine eigene Familie, ein tolles Zuhause, einen Job, den er liebte – und ich war mittlerweile zu dem Sorgenkind geworden, das um sich schlug, und um das sich bei meinen Eltern alles drehte.

Nicht wirklich in der Lage, so viele Eventualitäten auf einmal zu erfassen, atmete ich durch.

Sollte ich testen, ob die Telefonnummer meiner Eltern noch funktionierte? Auswendig konnte ich sie noch.

Unschlüssig machte ich mich auf den Weg nach unten. Wenn überhaupt, würde ich einen solchen Anruf draußen erledigen. Im Gehen. Bewegung – ob im geträumten oder im wahren Leben – half mir schließlich am besten gegen aufkommendes Unbehagen.

Vorsorglich blickte ich mich um, als ich auf die Straße trat. Weil ich es wegen Andreas nun einmal so gewohnt war und natürlich auch wegen Kindergesicht, die ich für einen Moment fast schon vergessen hatte.

Die Luft war rein, wie es aussah – und sie tat gut, weil sie klar war und kalt. Auf einmal mit fast so etwas wie trotziger Zuversicht griff ich tatsächlich zu meinem Handy, tippte die ewige Festnetznummer der Wohnung meiner Kindheit in das Zahlenfeld, wartete auf das Freizeichen.

„Hier Tauber…?"

Der Klumpen, den die Stimme meiner Mutter in meinem Magen verursachte, war derselbe wie immer.

„Hallo Mama!"

„Rufst du auch mal wieder an…?"

„Ich hatte eine Menge zu tun in den letzten Wochen und ihr habt euch ja auch nicht gemeldet", entfuhr es mir, ganz automatisch.

„Wir haben versucht, dich anzurufen. Aber du bist ja nie rangegangen."

Alles. Wie. Immer.

Ich beschleunigte meinen Schritt, während der Klumpen in meinem Magen nach oben in meinen Hals rutschte und mir die Luft abschnürte.

„Mama…", schluckte ich ihn herunter, um das Gespräch in eine andere Richtung zu lenken.

„Mama, das führt doch zu nichts."

„Falls du wissen willst, was wir an Heiligabend machen – wir sind bei Andreas. Er will essen gehen."

„Schön", entgegnete ich, etwas heiser von dem, was sich jetzt – wie üblich an dieser Stelle – um meinen Solarplexus krallte.

„Du willst ja nicht, dass wir zu dir kommen. Dabei war er in der letzten Zeit ganz lieb. Und es ist auch gar nichts mehr passiert. Ich soll dich grüßen. Aber das willst du ja auch nicht."

Ich brauchte einen Augenblick, um zu begreifen, was das eben Gehörte bedeutete. Dann nahm es mir so sehr den Atem, dass ich stehenbleiben und mich an einer Laterne festhalten musste.

„Ist ... schon okay, Mama!", sagte ich schließlich matt und im Begriff, den „Wie-geht-es-Papa?"-Teil einzuleiten. Bevor ich entschied, aus dem Gespräch wenigstens noch irgendwas für mich Nützliches mitzunehmen. Oder es zumindest zu versuchen. Was hatte ich zu verlieren?

„Mama, ich weiß, das klingt jetzt total verrückt, aber ... ich hatte ... phh ... neulich ganz schlimme Migräne", begann ich zu lügen. „So schlimm, dass ich mich an ein paar Dinge ... nicht mehr richtig erinnern kann."

„Ach, aber behaupten, wir hätten dich nicht angerufen!"

„Mama, bitte, das ist wirklich wichtig. Kannst du mir sagen, welchen Beruf ich habe?"

„Welchen Beruf? Puh, weißt du ... du machst ja immer so viele Sachen."

„Wirklich? Was denn für ... Sachen?"

„Andreas macht jetzt ein Theaterstück. Mit den Leuten aus seinem Wohnheim."

„Mama, bitte! Ich bin in einer Notlage. Ich muss dringend wissen, wo ich arbeite. Oder zumindest, wovon ich lebe."

„Das Stück ist von Berthold Brecht. Es wird sicher sehr schön. Du solltest es dir ansehen."

„Mama, ist das dein Ernst? Du weißt nicht mal, was deine Tochter für einen Beruf hat?"

„Natürlich weiß ich, was du für einen Beruf hast!"

„Welchen Beruf, Mama?"

Keine Antwort. Nur noch Rascheln aus dem Lautsprecher.

„Mama?"

Nichts.

Auch kein Rascheln mehr.

Sie hatte aufgelegt.

Ich lehnte mich gegen die Laterne, weil Festhalten gerade nicht mehr genügte. Das Schlechteste aus zwei Welten hatte meine Knie zu weich werden lassen. Einen Augenblick schloss ich die Augen, wünschte mir, einfach hier stehenbleiben zu können. Für immer.

Bis der Beutel über meiner Schulter mich daran erinnerte, dass da ein hungriger Hund auf sein Essen wartete – und dass es wenig bessere Gründe gab, mich jetzt einfach zusammenzureißen. Um zu dem verdammten Supermarkt weiterzulaufen, von dem ich nicht einmal wusste, ob es ihn noch gab. Wenn nicht, würde ich einen anderen finden.

7. MÖSEN UND AUCH SCHWÄNZE

„Bitte nicht werfen", stoppte mich die Computerstimme des Pfandautomaten, weil ich ihn zu schnell mit Dosen gefüttert hatte.

Schon zum dritten Mal. So, wie sonst auch immer, wenn ich mit der Flaschen- und Dosensammlung meiner Traumwelt-Familie hier gewesen war.

Auch sonst war im Pennymarkt um die Ecke alles noch so, wie ich es kannte. Bis auf die Frau an der Kasse, die ich noch nie zuvor gesehen hatte.

Wobei das bei mir nichts hieß. Schon immer hatte ich größte Schwierigkeiten damit gehabt, Gesichter zu unterscheiden, war als Kind bisweilen sogar am Erkennen meiner Klassenlehrerin gescheitert, wenn die bei der Pausenaufsicht oder im U-Bahnhof irgendwo schweigend herumgestanden hatte. Was daran lag, dass meine extreme Kurzsichtigkeit meinen Eltern bis zum Schulbeginn nicht aufgefallen war und ich die Welt außerhalb eines Radius' von etwa einem halben Meter in meinen ersten fünf Lebensjahren ausschließlich in verschwommenen Farbflecken kennengelernt hatte. Bis heute unterschied ich Menschen und ihre Emotionen deshalb nicht an Details ihres Äußeren, sondern am Klang ihrer Stimme und sah mein Gegenüber im Gespräch nur selten an. Wenn überhaupt, blickte ich meist nur auf die Lippen und war für Augenkontakte jeder Art gänzlich untalentiert.

„Bitte nicht werfen", mahnte die Computerstimme ein weiteres Mal. Was diesmal aber nicht mir galt, sondern der Frau am Automaten neben mir.

„Ich glaube, diese blöden Kästen mögen uns beide nicht", meinte die jetzt. Mit einem so einnehmenden Lächeln in der Stimme, dass ich mich zu ihr umdrehte.

„Ja, kann ... schon sein", entgegnete ich, lächelte zurück und wollte mich wieder meinen Dosen zuwenden.

Was mir aber nicht gelang. Weil meine sonst so unwilligen Augen nicht mehr wegsehen konnten.

„ICH MAG MÖSEN UND AUCH SCHWÄNZE", „POLYMORPH-PERVERT-POWER", „WINK – WINK! – KINK – KINK!", „FETISCHVULVA 3000!"

In großen, schwarzen Buchstaben. Handgestickt auf grellfarbige Aufnäher, groß wie Untertassen, die mit Sicherheitsnadeln an ihrer Jeansjacke, ihrer roten Ballonmütze und ihrer kunstvoll zerschlissenen Armeehose befestigt waren.

„Vielleicht hat meiner auch einfach was ... gegen guten Sex", meinte die Frau und grinste. So begehrlich, dass ihr Mund mit seinen ausnehmend wohlgeformten, rosig aufgeworfenen Lippen plötzlich aussah, als würde sie gleich mein Gesicht ablecken wollen.

„Ja, vielleicht ... phh", murmelte ich. Ganz schön verunsichert, weil ich eine so direkte Anmache mit Anfang fünfzig wirklich nicht mehr gewohnt war. Schon gar nicht in meinem momentanen Aufzug, mit dick geschwollener Nase und von einer sicher zwanzig Jahre jüngeren Frau. Aber auch, weil ich spürte, dass diese Frau, statt wie alle anderen zunächst vergeblich Augenkontakt zu suchen, auf meinen Mund sah – während ich mit meinem Blick an ihren Lippen hängenblieb.

Die feixten jetzt so herausfordernd vor sich hin, dass ich nach Luft schnappen musste, während ihre Besitzerin erst einen Filzstift aus ihrer Jeansjacke zog und dann den Pfandbon aus dem Automaten. Darauf kritzelte sie etwas und gab ihn mir.

„Richtig guter Sex kann so schön sein", sagte sie dabei und ihr Mund sah aus, als wollte sie in mich hineinbeißen.

Bevor sie sich umdrehte und ging. Ohne ein weiteres Wort, raus auf die Straße. Verdattert blickte ich ihr hinterher – und dem Glitzern der übergroßen, aus Pailletten und Perlen zusammengesetzten Vulva-Stickerei auf dem Rücken ihrer Jeansjacke.

Zusammen verschwanden beide in der Dunkelheit, während ich noch einen Moment wie angewurzelt stehen blieb und dann das Papier in meiner Hand betrachtete. „Nica" stand in großen, roten Buchstaben darauf, dazu eine Handynummer.

War das also ernsthaft ein Anbaggerversuch gewesen? Oder doch nur ein blöder Scherz? Unschlüssig drehte ich den Bon um, suchte nach seinem Gegenwert.

6,25 €!

Einmal mehr schnappte ich nach Luft. Diesmal aber vor Freude. Das reichte für eine weitere Wochenration Hundefutter! Noch nie in meinem Leben war ich über ein Stück Papier so glücklich gewesen, völlig egal, aus welchem Grund ich es bekommen hatte!

Fest entschlossen, mich mit einer Nachricht oder sogar einem Anruf zu bedanken, nachdem ich den Streuner gefüttert hatte, machte ich mit meinem Handy ein Foto des Namens und der Telefonnummer, speicherte beides sicherheitshalber auch noch in meinen Kontakten.

Bevor mein Pfandautomat laut piepte, weil er weiter gefüttert werden wollte.

„Bitte nicht werfen...!"

Noch sieben Dosen...

8. TÜTEN MIT SAND

Hundefutter für zwei Wochen – sogar die bessere Sorte, dank Sonderangebot. Dazu drei Tüten Leckerlis! Fast so etwas wie glücklich und ein bisschen stolz lud ich den Baumwollbeutel auf der Küchenarbeitsfläche ab, während der Streuner, jetzt ausgeschlafen und ganz hibbelig vor Hunger, um meine Beine strich. Ich holte die beiden Töpfe aus dem Oberschrank, füllte den einen mit Wasser und den anderen mit dem Inhalt der ersten Dose. Gierig begann das Tier zu fressen.

Ich beschloss, mich dafür mit Weihnachtsgebäck zu belohnen, blickte, nachdem ich die Box aus dem oberen Fach geangelt hatte, kurz auf die Nährwerttabelle. Jeder der dreißig Lebkuchen enthielt beinahe hundert Kalorien, die ganze Packung hatte also fast dreitausend, mit etwas Selbstdisziplin würde mich das sicher drei Tage satt halten. Genug Zeit, um herauszufinden, wovon ich lebte oder mich notfalls bei der Tafel anzumelden.

Mittlerweile genauso hibbelig vor Hunger wie eben noch der Hund, suchte ich die vorperforierte Lasche, mit der ich die Schachtel öffnen konnte.

Bevor ich entdeckte, dass die bereits offen war! Nicht an ihrem Deckel, aber an der Seite. Dort befand sich ein langer Schlitz, der aussah, als hätte jemand mit einem Cuttermesser hineingeschnitten. Genau an der unteren Kante, so dass es auf den ersten Blick kaum zu sehen war.

Hatte ich den Schnitt vorhin nicht bemerkt? Aber ich hatte die Box doch in der Hand gehabt! Sie war unversehrt gewesen, ganz sicher! Außerdem kam sie mir jetzt auch irgendwie ... schwerer vor. Immer verwunderter riss ich an der Lasche, um den Deckel zu öffnen – und fand statt Lebkuchen zwei Plastiktüten voll Sand...!

„What the f...?", entwich es mir leise.

Als es plötzlich „Rrrrrrrr..." machte aus Richtung der Dusche. Erschrocken fuhr ich herum.

„Rrrrrr..."

Keine Stimme. Nur ein ziemlich lautes Geräusch, das klang wie das Schaben von Metall auf dem Fußboden.

Vom Streuner kam es nicht. Der hatte sich, eben noch damit beschäftigt, den leeren Topf abzulecken, um auch noch die letzten Geschmackspuren des Futters in sich aufzunehmen, hinter meinen Beinen in der Ecke der Kochnische verkrochen. Ängstlich winselnd, witternd, hochnervös.

Weil noch jemand in der Wohnung war! Ganz eindeutig!

Andreas...? Oder Kindergesicht...?

Schlagartig in Alarmbereitschaft, blickte ich Richtung Zimmer, aber dort war es viel zu dunkel, um etwas zu erkennen. Weil ich nach meiner Rückkehr das viel zu grelle Licht der nackten Glühbirne gleich wieder ausgemacht hatte.

„Rrrrrr..."

Irgendwo in einer der Umzugskisten hatte ich ein Messer gesehen. Nur würde es viel zu lange dauern, es jetzt zu suchen.

„Rrrrrr..."

Ohne weiter nachzudenken, griff ich nach einem der zwei Sandbeutel, lief damit, was auch immer ich glaubte, so ausrichten zu können, Richtung Diele – und dort in etwas hinein, das ich in meiner Panik übersehen hatte und das jetzt in meinen Magen krachte.

„Hhhhh...!", ächzte ich, weil mir vom Zusammenprall die Luft wegblieb.

„Hhhh...!", ächzte das, in was ich hineingelaufen war.

Bevor ich wahrnahm, dass vor mir im Schummerlicht eine Person stand. So klein, dass sie mir gerade mal bis zum Magen reichte. Ihrer Silhouette nach hatte sie eine Kapuze auf dem Kopf und hielt etwas in ihrer Rechten. Etwas Schmales, Baseballschläger-Langes, das locker an ihrem ausgestreckten Arm auf den Boden hing.

„Rrrrrrr", machte ein rostiges Metallrohr, wenn es auf Dielen hinter jemandem her gezogen wurde.

„Fuck...!", entfuhr mir einmal mehr ein Fluch, während ich, genau wie vorhin am Bahnhof, einen großen Schritt rückwärts trat. „Wie ... bist du hier reingekommen?"

„Die Tür war offen", antwortete genau die Kinderstimme, die ich erwartet hatte.

Tatsächlich. Durch einen langen Spalt fiel das Licht des Treppenhauses in die Diele und ich spürte einen Luftzug. Wie war das möglich? Ich hatte beim Betreten die Wohnung abgeschlossen. Ganz sicher!

„Darf ich hierbleiben?"

„Nein!", wollte ich schreien. „Du hast eine Eisenstange und bist total gruselig...!"

„Puh, ich meine ... es ist schon dunkel", sagte ich stattdessen. „Suchen deine Eltern dich nicht?"

Das Kind schüttelte den Kopf.

Ganz vorsichtig machte ich einen weiteren Schritt rückwärts, aus der Diele heraus ins Zimmer, schaltete das Deckenlicht wieder an. Um den Überblick zu behalten – und um es für das kleine Monster zumindest etwas ungemütlicher zu machen.

Das Licht der nackten Glühbirne war so grell, dass es in den Augen brannte.

Trotzdem zeigte sich unter der Kapuze jetzt ein begeistertes Strahlen.

„Zerberus!", rief das Kind freudig, ließ das Metallrohr fallen, rannte auf den Hund zu, der seinerseits auf den neonorangefarbenen Hoodie zuschoss. Der an seiner Vorderseite braun beschmiert war. Genau wie der Rand der Kapuze, der Mund des Kindes und dessen Wangen. Große, braune Flecken, die ziemlich sicher von den komplett eingesauten kleinen Monsterfingern stammten, die jetzt hingebungsvoll das Fell des Streuners kraulten und die hellen Stellen nun ebenfalls braun färbten.

Dreck? Oder noch Schlimmeres? Oder ... Schokolade?

War das möglich?

Ich beschloss, mich trotzdem zuerst nach den wirklich wichtigen Dingen zu erkundigen.

„Ist das ... dein Hund?", fragte ich deshalb leise und voller Angst vor der Antwort.

„Schön wär's...!", seufzte es ehrlich sehnsüchtig von unter der Kapuze. „Ich darf keinen Hund haben."

„Und wem ... gehört er dann, der ... Zerberus?", hakte ich so beiläufig wie nur möglich nach.

„Gar keinem", entgegnete das Kind, und mir fielen zwei Gebirge gleichzeitig vom Herzen.

„Ich weiß auch gar nicht, ob er wirklich so heißt", fuhr das kleine Monster fort, das mir schlagartig viel sympathischer geworden war. „Ich habe ihn so genannt und er kommt immer, wenn ich ihn rufe."

Die klebrig braun verschmierten Finger kraulten weiter das Tier, das als Kreuzung aus Fuchs und Schrumpfschäferhund für einen Bewacher der Unterwelt vielleicht doch etwas zu unwiderstehlich niedlich aussah. Andererseits passte ein Höllenhund ja schon auch zu meiner momentanen Situation – und wenn er bereits auf diesen Namen hörte...

„Und ... wie heißt du?", fragte ich dann das Kind.

„Cai. Mit C."

Die kleinen Finger bearbeiteten weiter den Hund und beschmierten dabei jetzt auch die Dielen mit dem, was an ihnen klebte – und was zum Glück nicht nach etwas Schlimmem stank. Stattdessen lag ein feiner Duft nach Lebkuchen in der Luft. Lebkuchen mit Schokolade...

Aber wie zum Himmel hatte dieses seltsame Kind einfach meine Wohnung entern und ernsthaft meinen letzten Essensvorrat plündern können?

„Möchtest du ... vielleicht ein Glas Wasser?", setzte ich etwas stockend zu einer investigativen Befragung an.

„Ich mag Wasser nicht so", entgegnete Cai und rubbelte Zerberus' Bauch.

„Leider habe ich sonst nichts, was ich dir anbieten kann", fuhr ich fort. „Ich dachte, ich hätte noch eine Box voller Lebkuchen. Leider waren in der Kiste aber nur Tüten mit Sand."

„Echt...?", fragte das Kind. Wobei es versuchte, extrem überrascht zu wirken, aber plötzlich ungeheuer nervös klang. Umso mehr, als ich ihm den Plastikbeutel vor die Nase hielt, den ich noch immer in der Hand hatte.

„Ja, das ist … echt verrückt", fuhr ich fort. „Ich glaube, irgendwer hat die Box aufgeschnitten und die Lebkuchen herausgeholt. Warum auch immer."

„Wer … macht denn sowas…?", murmelte Cai, während die Kinderwangen mehr und mehr das Knallorange der Kapuze annahmen, zumindest dort, wo neben dem Schokobraun noch Haut zu sehen war.

„Tja, wer macht sowas?", wiederholte ich und jetzt leuchtete Cais gesamtes Gesicht mit dem Hoodie um die Wette.

„Ich … habe die…", kam es schließlich hörbar gepresst aus dem Schokoladenmund, „ich … habe die … gar nicht…"

„Gar nicht – was?", bohrte ich nach. Aber bemüht um einen ruhigen, sanften Tonfall. Weil mir das Kind mittlerweile leidtat – und weil mir die Sache mit den Lebkuchen auch irgendwie imponierte.

Ich selbst hatte mich in meiner Kindheit, da mir aus Dickmadam-Gründen der Zugang zum Süßkram-Familienvorrat verboten worden war, auf Pralinenschachteln spezialisiert. Meine Mutter hatte von Gästen immer mal wieder welche mitgebracht bekommen – die weiterverschenkt wurden, wenn sie selbst woanders eingeladen war. Weil Andreas und mein Vater lieber normale Schokolade und Schokoriegel aßen, und meine Mutter nur Ingwerkonfekt aus dem Reformhaus.

Meine Technik, die Cellophanumhüllung einer Pralinenschachtel so behutsam zu entfernen, dass ich sie hinterher wieder über die Packung ziehen konnte, hatte ich damals zu einem Vorgang von nur noch wenigen Sekunden Dauer perfektioniert. Genau wie meine Fähigkeit, immer nur so viel Süßes herauszunehmen, dass das fehlende Gewicht nicht auffiel. Falls das schief ging, weil ich beim Naschen zu gierig gewesen war, hatte ich zum Ausgleich Kugeln aus Knete oder Glasmurmeln in die leeren Mulden der Verpackung gelegt. Bisweilen noch umhüllt von dem Stanniolpapier, in dem zuvor die Pralinen gewesen waren, oder von Alufolie von der Rolle, weil das so ähnlich aussah. Mehrere Jahre lang hatte ich mit dieser Methode tatsächlich Erfolg gehabt – wahrscheinlich, weil die meisten Schachteln von den Freunden meiner Eltern auch wieder ungeöffnet an andere Freunde weiterverschenkt worden waren.

Bis ausgerechnet mein Bruder dann doch einmal Lust auf Pralinen hatte, leider sogar noch im Beisein meiner Mutter. Von da an wurden alle Süßigkeiten im Schrank der Speisekammer vor Dickmadam weggeschlossen.

„Ich habe die gar nicht... Ich, also... Ich wollte die ... gar nicht... Eigentlich..."

Noch immer mühte sich Cai, meine letzte Frage zu beantworten. Wobei das Kind inzwischen so gequält wirkte, dass ich einen Kloß im Hals hatte vom Zusehen.

„Du ... wolltest die Lebkuchen gar nicht essen? Eigentlich?", half ich ihm vorsichtig, die Tortur zu beenden.

Cai biss sich auf die Lippen, nickte unmerklich und blickte zu Boden. Gleich darauf zog eine Träne auf den Kinderwangen ihre knallorange Spur durch die Schokolade und ich fühlte mich furchtbar.

„Hey, ist ... ist schon okay", versuchte ich zu beschwichtigen, „ist ... nicht schlimm, ehrlich."

Trotzdem folgte eine zweite Träne der ersten.

„Lebkuchen ... machen sehr dick, oder?"

Cais Stimme bebte.

„Naja, wenn du jeden Tag dreißig auf einmal isst, dann ... vielleicht schon", antwortete ich. Mit einem Grinsen, weil ich dachte, es würde das Kind ein wenig aufmuntern.

Zu meinem Entsetzen fing es jetzt aber richtig an zu weinen.

„Mein Vater sagt, ich darf nicht noch dicker werden." Cai schniefte eine hörbar dicke Ladung Rotz nach oben. „Sonst hänseln mich alle und wollen nicht mit mir spielen."

Ich ertappte mich dabei, wie ich den kleinen Kinderkörper unauffällig musterte. Aber zum einen war der Hoodie so weit, dass darunter so gut wie nichts zu erkennen war, und zum anderen hätte ein „Hey, du bist doch gar nicht zu dick!" mich selbst damals weder getröstet, noch wäre es eine Lösung gewesen. Weil Dickmadam das sowieso nicht geglaubt hätte. Nie im Leben.

„Weißt du ... was, Cai", suchte ich deshalb beim Reden noch nach Worten, „ob die anderen mit dir spielen, das ... hat absolut nichts damit zu tun, ob du dicker oder dünner bist. Ich kenne deinen Vater nicht, aber sowas zu sagen ist total gemein."

Das Kind schluchzte trotzdem weiter, blickte dabei zu Boden. Voller Scham. Der Scham, von der ich genau wusste, wie sie sich anfühlte und wie unnötig sie war. Weil sie so gut wie nichts mit dem Meisterdiebstahl zu tun hatte, sondern mit einem unschuldigen Kinderkörper, der Schutz und Liebe und Zuspruch verdient hatte statt Abwertung und Häme.

„Hey, Kopf hoch. Das einzig Wichtige ist, dass du jetzt keine Bauchschmerzen bekommst."

Zu meiner Erleichterung blickte Cai jetzt auf. Das Kind schniefte noch einmal, hatte nun aber fast so etwas wie ein trotziges Lächeln im Gesicht.

„Bauchweh bekomme ich nur, wenn ich wütend werde."

„Das kenne ich", sagte ich so sanft wie nur möglich – und mit der leisen Ahnung, dass ich eine Menge Bauchschmerzen bekommen würde in der nächsten Zeit.

„Echt?", fragte Cai einmal mehr. Diesmal aber ganz ehrlich überrascht.

Ich nickte.

„Dann brauchst du auch eine Stange."

„Eine Stange?"

Schlagartig hatte Cai alle Verzweiflung abgeworfen, stattdessen hob das Kind jetzt belehrend seinen rechten, schokoladenbeschmierten Zeigefinger.

„Aber immer nur Sachen! Nie Leute!"

„Oh, okay."

Ich verstand. Ein bisschen erleichtert, zugleich aber auch etwas besorgt um meine wenigen Besitztümer, so hässlich ich sie fand.

„Am besten Sperrmüll", dozierte das Kind weiter. „Der ist sowieso schon kaputt."

„Da hast du recht", entgegnete ich.

Während mir wieder einfiel, wo ich das Kind zum ersten Mal gesehen hatte. Dort, wo der Spind gewesen war. Zumindest in meinem Traum – oder doch in Wirklichkeit? Könnte das Kind etwas mitbekommen haben, das mir weiterhalf?

„Sag mal, warst du dann ... wegen der Stange vorhin an der Sperrmüllecke? Vorne, am U-Bahnhof?"

Cai nickte.

„Gab es da beim Sperrmüll vielleicht mal ... einen Spind? So einen großen, grauen Kasten aus Metall, mit zwei Türen? Vorhin war er nicht mehr da, aber vielleicht davor ja irgendwa..."

Meine Stimme stockte, weil das Kind noch einmal nickte.

„Der war da ganz lange. Bis heute Morgen."

In meinen Ohren begann es zu rauschen.

„Du hast aber ... nicht zufällig mitbekommen, wer den mitgenommen hat?"

Cai schüttelte den Kopf. Wäre ja auch zu schön gewesen.

„Aber ich weiß, wo er jetzt ist."

„Ernsthaft?"

Das Kind nickte – und schwieg. Während ich zu zittern anfing vor Aufregung.

„Kannst du es ... mir sagen?", bat ich.

„In deiner Dusche", antwortete Cai.

„Was?"

„Tschüß, Zerberus", sagte das Kind, gab dem Hund einen Kuss auf die Schnauze und ging. Durch die offene Tür. Die ich zuvor schon wieder abgeschlossen hatte.

9. FIAT 500

Fingerspitzen. Vier verdammte Fingerspitzen, die aussahen, als hätten sie die letzten Jahre in einer Speisekammer gehangen. Zum Trocknen, wie Dörrfleisch. Jetzt lugten sie aus dem leicht geöffneten Türschlitz eines Spindes, der in meiner Duschwanne stand. An einem der Finger fehlte der Nagel.

Entgeistert starrte ich auf das Grauen, von dem ich mir nicht ansatzweise erklären konnte, wie es hierher und in mein Leben gekommen war. Was in aller Welt hatte ich getan? Warum konnte ich mich an nichts erinnern? Verzweifelt versuchte ich, gegen die heillose Panik anzuatmen, die mich erfasste.

Zerberus kam ins Bad, lief leise fiepend und schnüffelnd direkt auf den Spind zu. Hektisch schloss ich den Duschvorhang. Weil ich mich vor ihm schämte – und weil die Finger mich viel zu sehr an die getrockneten Hühnerhälse und Schweineohren erinnerten, die es im Tierladen als Hundesnacks zu kaufen gab.

Als es plötzlich furchtbar schepperte!

Bersten von Glas. Unten, auf der Straße.

Furchtbar erschrocken rannte ich ins Zimmer, zog den Vorhang meines einzigen Fensters ein Stück zur Seite, blickte nach draußen.

Wieder ein Scheppern, das Splittern einer Scheibe, dann ein grässliches Knacken. Cais rostiges Metallrohr brach durch die Spiegeltüren eines gammeligen Kleiderschranks, den irgendjemand draußen illegal auf dem Bürgersteig abgeladen hatte.

Bis kurz Stille war.

„Rrrrrr..."

Leise verklang das Geräusch hinter der nächsten Straßenecke. Vor Erleichterung musste ich lachen.

Bevor ich einmal mehr erschrocken herumfuhr.

„... ermordet ... alle drei..." – „...wie krank..." – „...das können Sie laut sagen..."

Zwei Menschen unterhielten sich. Nicht unten auf der Straße, sondern im Treppenhaus. Ein Stockwerk über mir!

„...hartherzig und selbstsüchtig..." – „...am besten für immer wegschließen..."

Eine der beiden Stimmen kannte ich. Es war die von Kindergesicht!

„Nein, Tauber gibt's hier nicht...", sagte jetzt die andere Stimme. Zerberus wurde unruhig. Begann, an der Wohnungstür zu kratzen. So, als wollte er nach draußen.

„...eher klein, lange, rötliche Haare, wahrscheinlich ein Deckname..." – „...ach so, die wohnt im dritten Stock ... bei Behringer..."

Wir mussten hier raus! Sofort! Ohne weiter nachzudenken, packte ich meinen Mantel und mein Handy, riss die Wohnungstür auf, stürzte zusammen mit Zerberus nach unten. Über uns ein Poltern auf der Treppe.

„Halt! Stehenbleiben!"

Das Poltern kam näher. Viel zu nah!

Endlich die Haustür.

Völlig kopflos rannten der Hund und ich auf die Straße und zur nächsten Ecke, dort über die Fahrbahn und dabei fast in einen knallroten FIAT 500 hinein, der quietschend bremste.

Bevor es einen dumpfen Knall gab und dann ein Rumpeln und noch einen Knall.

Weil der Wagen in Kindergesicht hineingefahren war und sie über die Frontscheibe hinter sich geschleudert hatte. Menschenköpfe klangen eben nicht – auch wenn unzählige Filme das dem Publikum weismachen wollten – wie ein Sandsack, wenn sie auf etwas Hartes fielen, sondern eher wie eine Vase. Wegen des harten Schädels.

Wie erstarrt blieb ich stehen. Sah die Windelcordhose auf dem Kopfsteinpflaster, die Beine darin schlaff und seltsam verdreht, als gehörten sie einer Toten.

Der FIAT, einmal mehr mit einem Quietschen, gab Vollgas, fuhr einfach weg.

Während die dunkelbraunen Hosenbeine begannen, sich zu bewegen!

Kindergesicht lebte! Jetzt richtete sie sich auf, tastete auf allen Vieren nach ihrer Brille, die einige Meter weiter vorne in einer Einfahrt gelandet war, kurz vor meinen Füßen.

Weiterrennen! Nur weg! Bis zur U-Bahn, dort alle Treppen nach unten. Hinein in den Zug Richtung Kreuzberg, der gerade im Bahnhof stand.

Die Türen schlossen sich, die Bahn fuhr an.

Bebend vor Angst und Erschöpfung kniete ich mich zu Zerberus auf den Boden, umarmte und streichelte den besten aller Begleiter, krallte mich in sein Fell, das einmal mehr nach nassem Hund roch und dazu jetzt noch nach Lebkuchen mit Schokolade. Hingebungsvoll leckte das Tier meinen Hals ab, dann meine Nase, die jetzt so schmerzte, dass ich mir ein Wimmern verkneifen musste und schließlich mein ganzes Gesicht. Ich ließ es geschehen.

Am U-Bahnhof Hermannplatz stieg ich aus, setzte mich auf eine Bank, sah völlig ermattet eine Weile den Mäusen zu, die durchs Gleisbett huschten. Bis mir klar wurde, dass es bereits nach sieben Uhr abends war und ich unter keinen Umständen zurück in meine Wohnung konnte. Aber nachts war es draußen unter null Grad. Wo sollte ich bleiben? In einer Unterkunft für Obdachlose? Aber dort waren keine Hunde erlaubt, das wusste ich. Mein Blick fiel auf Zerberus, der einmal mehr die Nase unter sein Bauchfell gesteckt hatte und zu meinen Füßen selig schlief. Weil er sich sicher fühlte. Ausgerechnet bei mir. Was für ein Fehler. Nein! Kein Fehler! Dafür würde ich sorgen!

Aber wie?

Durch einen Anruf bei meinen Eltern? Niemals! Lieber würde ich die nächsten zwanzig Jahre bei der verrückten Ana unter der Erde wohnen. Falls deren Angebot überhaupt noch galt, wenn sie erfuhr, dass es die Leichen, aufgrund derer Kindergesicht mich jagte, tatsächlich gab. Noch dazu war ich mir noch immer nicht sicher, ob beide nicht vielleicht sogar unter einer Decke steckten.

Zögernd holte ich mein Handy aus der Manteltasche.

Erst da fiel mir ein, dass es ja noch eine andere Nummer gab. Gespeichert in meinen Kontakten. Eine Nummer, an die ich ohnehin noch eine Nachricht hatte schreiben wollen, auch wenn ich den Beutel mit dem Hundefutter in meiner Panik auf der Arbeitsplatte der Kochnische zurückgelassen und nicht einmal die Tür hinter mir zugezogen hatte.

Aber eine völlig fremde Frau um Hilfe bitten, von der ich nicht einmal wusste, ob sie nur einen blöden Scherz gemacht hatte?

Ich entschied, dass ich zu sehr in Bedrängnis war, um feige zu sein.

10. KELLEREINGANG

Alles drehte sich, wurde zugleich so leicht, dass ich glaubte zu schweben. Während es funkelte hinter meinen geschlossenen Augen, in meiner Brust, zwischen meinen Beinen.

„Schick mir einen Standort und ich bin da", war Nicas Antwort gewesen. Dabei hatte ich mich in meiner Textnachricht nur bei ihr bedankt. In der Hoffnung, so vorsichtig eine Unterhaltung beginnen zu können und dann nach und nach zu erwähnen, in was für einer Notlage ich war.

Eigentlich.

Denn jetzt gerade war alles warm und leuchtete, während ich tiefer und tiefer hineinfiel in Nicas weichen, duftenden Körper, ihre zarten Lippen, ihre Brüste.

„Ich ... brauche Hilfe", hatte ich gesagt. Zuallererst. Als wir uns, nur Minuten nach unserem kurzen Chat, auf dem Bahnsteig gegenübergestanden hatten. Statt etwas zu erwidern, hatte Nica meine Hand genommen und war mit Zerberus und mir schweigend die Treppen nach oben gestiegen.

„Ganz im Ernst. Ich ... kann nicht mehr zu mir nach Hause und ich weiß nicht, wohin...", hatte ich versucht, ihr irgendwie die Dramatik meiner Lage klarzumachen, ohne ihr von deren Grund zu erzählen.

„Mach dir keine Sorgen. *Ich* weiß es", hatte Nica nur gemeint und gelächelt. So zuversichtlich, dass ich ihr geglaubt hatte. Warum auch immer.

Schweigend waren wir ein Stück über die Sonnenallee geschlendert, Hand in Hand. Ihre Finger hatten dabei meine Handfläche erkundet. Erst ganz vorsichtig und zart, dann immer dreister. So dreist, als wären sie gerade ganz woanders an meinem Körper, was sich auch fast schon so angefühlt hatte.

Ich war stehengeblieben, weil mir ganz schwindelig geworden war davon. Einen Moment hatten wir uns dann gegenübergestanden und einander angeblickt und ich hatte mich nicht sattsehen können am leuchtenden Rosé ihrer Lippen, an ihrem feinen, immer gierigeren Lächeln im Licht der Schaufenster. So sehr nicht sattsehen, dass ich sie hatte fühlen, einatmen, austrinken wollen.

Küsse.

Ungestüm und berauschend, minutenlang. Erst mitten im Menschenstrom auf dem Bürgersteig der Sonnenallee, dann auf der Vortreppe eines Hauseingangs, zu dem Nica mich ganz sanft geschoben hatte, damit niemand in uns hineinlief. Zerberus, wie eine Statue neben meinen Beinen sitzend, hatte dabei über uns gewacht. Die vorbeiziehenden Menschen und Fahrzeuge nicht aus den Augen lassend, weil er wohl gespürt hatte, dass sie für mich plötzlich endlos weit weg gewesen waren. Genau wie der Schmerz in meinem Gesicht, den ich plötzlich nicht mehr gespürt hatte. Gar keinen Schmerz mehr. Nirgends.

Mich immer weiter küssend, hatte Nica schließlich mit ihrem Ellenbogen auf einen Schalter neben der Gegensprechanlage gedrückt. Der Einlasser einer Arztpraxis. Die Tür hatte zu summen begonnen, war aufgesprungen, woraufhin wir in den stockdunklen Hausflur getaumelt waren, am Treppenaufgang vorbei Richtung Hinterhof. Zu der einen Nische vor dem Kellereingang, die sich in Berliner Altbauten von Flur und Treppe aus meist nicht einsehen ließ.

Leiser Singsang von Nicas Atem an meiner Wange. Immer fordernder, immer betörender, Nicas Duft und Geschmack wie die besten aller Drogen, so überbordend und unbegreiflich köstlich, dass ich mich selbst vergaß, und wo ich war und wer ich geglaubt hatte, gewesen zu sein. Loslassen. Fortgerissen werden. Goldene, grenzenlose Seligkeit.

„Ich hoffe, ich habe dich jetzt nicht irgendwie ... überfallen, oder so."

Nica streckte ihren nackten Rücken ein wenig und machte dabei ein kleines Geräusch, das an ein Schnurren erinnerte.

„Zumindest nicht gegen meinen Willen", entgegnete ich leise und musste grinsen.

Arm in Arm saßen wir auf dem Treppenabsatz vor der Kellertür, bewacht von Zerberus und gemeinsam in meinen Steppmantel gekuschelt, wobei ich innerlich noch so glühte, dass ich ihn gar nicht gebraucht hätte.

„Dann ist gut", meinte Nica leise und schmiegte sich an mich. „Ich bin manchmal ... ein bisschen schnell. Weiß ja nicht, ob es was gibt, das dich dann ... vielleicht triggert oder so."

„Mach dir da um mich mal keine Sorgen", wollte ich antworten. Viel zu gönnerhaft und irgendwas zwischen gerührt davon und amüsiert darüber, was Nica sich für Gedanken um mich machte. Bevor ich meine innere Boomerin gerade noch rechtzeitig zum Schweigen brachte. Weil Nica doch völlig recht hatte mit ihrer Frage.

Hier, in der Nische. Vor der Kellertür, die es in so vielen, in fast allen, Berliner Altbauten gab.

„Nimm ihn in den Mund", hatte Theo geflüstert. An genau so einem Ort. Während ich furchtbar erschrocken das große, weiße, noch etwas wabbelige Ding angestarrt hatte, das beim Knutschen aus Theos Hosenschlitz herausgewachsen war. Weil er ihn geöffnet hatte, unbemerkt von mir.

„Geh bloß nicht mit dem mit. Der ist gefährlich!"

Irgendein Mädchen hatte mir das noch zugeflüstert, als ich mit Theo die Treppe des Jugendheims nach oben gekommen war. Aus dem Keller, in dem jeden Dienstag und Donnerstag ein DJ aufgelegt hatte. „Babydisco", hatten mein Bruder und seine Clique das genannt. Dabei war Theo schon 18 gewesen.

„In den Mund! Komm schon!"

Noch vor ein paar Minuten hatte ich mein Glück kaum fassen können. Weil ausgerechnet ich von Theo ausgewählt worden war. Ausgerechnet ich, die sich doch zum allerersten Mal überhaupt hergetraut hatte, noch nicht mal zwölf und die Hässlichste von allen. Zumindest hatte ich mich so gefühlt mit meinen bunten, unmodernen und mir unfassbar peinlichen Kinderklamotten und meiner mir so unendlich verhassten Brille, deren fingerdicke Minus-Zehn-Dioptrien-Gläser meine Pupillen auf Pfefferkorngröße geschrumpft hatten.

„Bist du verklemmt oder was? Na los! Mach schon!"

Theo hatte mir die Brille von der Nase genommen und meinen Kopf nach unten gedrückt. Nicht doll, aber doll genug. Weil ich das Weiße, Wabbelige zwar nicht im Mund hatte haben wollen, aber noch weniger wollte ich verklemmt sein! Weil Theo doch mein erster Freund hatte werden sollen. Wo er mich schon die ganze Zeit angelächelt hatte, vorhin auf der Tanzfläche. Ausgerechnet mich! Und nicht Silvia und Antje, die schon dreizehn gewesen waren und geschminkt und seit Monaten ständig hier. Die mich vorhin hämisch gefragt hatten, was ich denn hier wolle. Im selben Tonfall, in dem ich von ihnen in der Grundschule täglich gehänselt worden war. Wegen meiner dicken Brillengläser, meiner Zwinkerticks dahinter und meiner Unbeholfenheit, wenn ich dann doch mal hatte mitspielen dürfen. Als Statistin, wenn Silvia und die anderen angesagten Mädchen Szenen aus von ihr favorisierten Fernsehfilmen nachgestellt hatten. In zig verschiedenen Rollen gleichzeitig, was mich aufgrund meiner Gesichtserkennungs-Inkompetenz komplett überfordert hatte.

„Mach mal richtig! Nicht so lasch!"

Das Wabbelige an meinem Gaumen hatte salzig geschmeckt und nach Waschmittel und war immer knorpeliger und größer geworden. Zu groß für meinen Mund. Theo hatte gestöhnt und ich hatte würgen müssen und mich weggedreht. Woraufhin mein Kopf von Theo wieder zurückgedrückt worden war. Rauf auf den Wurm, mit voller Wucht und tief in meinen Rachen. So heftig, dass der Würgereiz sich angefühlt hatte wie eine Explosion in meinem Kopf, dass mir die Tränen in die Augen geschossen waren und mein Oberkörper sich aufgebäumt hatte wie kurz vorm Erbrechen. Dabei waren dann aus Versehen meine Zähne an seinem Theos Wurm entlanggeschrappt. So doll, dass er zurückgezuckt war, unten in der Nische.

„Du kannst ja echt gar nichts!", hatte Theo geschimpft, hatte mich von sich weggeschubst und war gegangen. Einfach gegangen, ohne sich nochmal umzudrehen, während ich unten in der Nische nach meiner Brille getastet hatte und der Wurm wieder eingepackt worden war. Im Laufen, wie ich hatte hören können. Danach war die Haustür ins Schloss gefallen und ich hatte geweint.

Unten, vor der Kellertür, wo es fast genauso ausgesehen hatte wie hier, wo ich jetzt mit Nica saß und nach Worten suchte.

„Das ist ... sehr lieb von dir, mich ... das zu fragen", sagte ich schließlich.

„Gibt es da ... etwas?", entgegnete Nica nach einer Weile. Etwas verunsichert davon, wie sehr ich in Gedanken war.

Zu sehr in Gedanken, um zu antworten. Weil ich mich daran erinnerte, dass Theo ja nur den Anfang gemacht hatte. Mir fiel ein, wie enttäuscht Dieter, Ende dreißig, gewesen war, darüber, dass ich mit Vierzehn schon so viel Erfahrung gehabt hatte, wie peinlich Gero, Mitte fünfzig, darauf geachtet hatte, dass die Väter seiner Affären grundsätzlich jünger waren als er selbst und wie Claudio, 45, immer von meiner Mutter Kaffee angeboten worden war, wenn er mich als Dreizehnjährige von Zuhause abgeholt hatte. Weil er so ähnlich ausgesehen hatte wie Buster Keaton, ihr Lieblingsschauspieler.

Wie hatte das alles passieren können?

In meinem alten Leben hatte ich mich das später jahrelang gefragt. Voller Scham darüber, was damals bloß in mich gefahren war – und ohne zu begreifen, dass ich die Letzte war, die mit sich hadern oder sich für etwas schämen musste. Weil nicht ich „viel zu frühreif", sondern jeder der Männer ein Täter gewesen war. Ein widerlicher, kranker Drecksskerl, der meine verwundbarste Stelle – die Sehnsucht eines vernachlässigten Kindes nach Wärme und Aufmerksamkeit von Erwachsenen – schamlos ausgenutzt hatte.

„Was für armselige, ekelerregende Lappen!", dachte ich, neben Nica sitzend, ihre wunderbar weiche Haut an meiner – und musste lächeln.

Weil mir plötzlich auffiel, dass ich nicht einen einzigen Gedanken an Theo verschwendet hatte, gerade eben, als ich mit Nica für einen Moment grenzenlos selig gewesen war. Auch Dieter, Gero, Claudio und all die anderen waren Lichtjahre entfernt geblieben.

Hier in der Nische, vor dem Kellereingang – und auch sonst immer, wenn ich als Erwachsene Sex gehabt hatte.

Sex, der so gut gewesen war, dass ich nicht genug davon hatte kriegen können, zumindest in meinem Traum.

Nein. Auch jetzt. Nica war der Beweis!

Ausgenutzt und beschmutzt hatten mich diese Widerlinge, und so tief verletzt, dass ich ihnen das Schlechteste aller Welten wünschte.

Aber sie hatten mich nicht kaputtgemacht. Weil ich mich trotz allem voll und ganz hingeben konnte, Frauen wie Männern. Weil ich unendliche Kraft schöpfte aus den Höhepunkten, die mein Körper mir bescherte und aus der Nähe, die dabei entstand. Sogar jetzt noch, wo mein Leben völlig aus den Fugen geraten war und ich nicht wusste, wohin.

Ich war heil geblieben. Dort, wo doch eigentlich alles hätte kaputt sein müssen nach dem, was diese Dreckskerle mir angetan hatten.

„Du ... musst nicht antworten, wenn du nicht willst", setzte Nica dazu an, das Thema zu beenden – mit hörbar schlechtem Gewissen. Ich lächelte noch etwas breiter und gab ihr einen Kuss.

„Nein, da gibt es nichts", entgegnete ich dann. „Weil ich Glück gehabt habe. Unfassbares Glück."

„Das freut mich", meinte Nica.

„Mich auch", sagte ich. „Sehr."

11. VERGEBUNG

„Jetzt habe ich echt Hunger. Wollen wir uns Falafel holen? Oder veganes Schawarma?"

Suchend blickte Nica sich auf der Sonnenallee um, hin- und hergerissen zwischen den mehr als zwanzig verschiedenen Imbissbuden im Umkreis von nicht mal zweihundert Metern. Hand in Hand schlenderten wir dabei zurück Richtung U-Bahnhof. Ohne die Leichtigkeit des Hinwegs.

Weil es, so wunderschön unser Hausflur-Abenteuer sich angefühlt hatte, jetzt noch eine Stunde später war als vorhin, weil ich noch immer nicht wusste, wo Zerberus und ich heute Nacht schlafen sollten, weil mein Nasenbein so schmerzte, dass mir die Augen tränten, weil ich zu alledem nicht einen Cent besaß, um ihn an einer Imbissbude auszugeben – und weil ich das alles am liebsten gar nicht ansprechen wollte, um den Zauber dessen, was gewesen war, nicht komplett zu zerstören.

Ganz kurz verlangsamte Nica ihren Schritt. Ich konnte spüren, dass sie mich von der Seite musterte.

„Nur, damit du dir keine Sorgen machst. Du bist natürlich eingeladen", meinte sie dann. „Und danach fahren wir nach Kreuzberg, zu einer Freundin. Die sammelt so Menschen wie uns."

„Phhhhuu...!", entfuhr mir ein etwas zu lautes Geräusch der Erleichterung. Bevor ich stutzte.

„Menschen ... wie *uns*?"

„Ich kann gerade auch nicht in meine Wohnung", entgegnete Nica und grinste ein wenig verlegen.

„Also eigentlich ... habe ich gerade gar keine Wohnung."

„Ernsthaft? Das tut mir leid."

„Ach, nicht schlimm. Ist mein dreizehntes Mal in zehn Jahren. Ich bin Umzugsprofi."

Ich musterte Nica so unauffällig wie möglich. Bis auf die seltsamen Aufnäher, an die ich mich mittlerweile gewöhnt hatte, sah sie eigentlich eher lebenstüchtig aus. Übersah ich etwas? Irgendein verstörendes Detail, das sie zu einer Wahnsinnigen machte, die jedes Dreivierteljahr aus einer anderen Wohnung geworfen wurde...?

„Was soll's ... geht eben nicht anders", fügte die potentielle Wahnsinnige noch an und ging wieder schneller.

„Darf ich fragen, warum es nicht anders geht?", hakte ich vorsichtig nach – zugegeben voll ehrlicher Angst, jetzt gleich Nicas dunkelste Seite entdecken und einmal mehr mit Zerberus wegrennen zu müssen.

„Weil ich ein Kind will!", entgegnete Nica ungerührt. „Eine Familie! Vater-Mutter-Kind oder Mutter-Mutter-Kind, total egal, aber mit der richtigen Person! Und so jung bin ich ja auch nicht mehr."

„Und deshalb musst du so oft umziehen?", fragte ich, so begriffsstutzig, dass Nica anfing zu lachen.

„Bevor du mit einer Person nicht in derselben Wohnung gelebt hast", erklärte sie dann, „kennst du sie doch gar nicht richtig. Und Zeit, mir jahrelang was vormachen zu lassen, habe ich nicht mehr."

„Also ... ziehst du immer ... sofort mit allen zusammen?", schlussfolgerte ich – mit ebenso viel Unglauben wie Befremden in der Stimme.

„Genau! Und wenn ich merke, dass es nicht das Richtige ist, gehe ich sofort wieder. Ist doch besser für beide."

„Vielleicht solltest du...", versuchte ich einen ernsthaften Verbesserungsvorschlag anzubringen, „dir lieber eine Wohnung mit einem extra Zimmer suchen, wo die anderen dann immer ein – und aus..."

Nica schüttelte den Kopf.

„Gehen", unterbrach sie mich dann, „ist viel unstressiger als Rauswerfen. Glaub mir."

Ihr wunderschönes Lächeln verwandelte sich in ein seltsam aufgekratztes Grinsen.

„Wir beide wohnen ja jetzt auch gleich zusammen..."

Jetzt wurde mir doch etwas mulmig, was diese potentielle Wahnsinnigen-Sache anging. Umso mehr, als Nica nun völlig abrupt ein leises, aber deutlich gereiztes „Au, Scheiße!" entfuhr.

„Alles okay?", erkundigte ich mich, bereits etwas besorgt um den erhofften Schlafplatz.

„Geht so", entgegnete Nica. Mit finsterer Miene zeigte sie auf die gegenüberliegende Straßenseite. Dort war ein großes Transparent zu sehen, auf dem „JESUS = RETTUNG" stand. Zwei sehr adrette, wie Autoverkäufer oder Versicherungsmakler aussehende, jüngere Männer in Wintermänteln hielten es an langen Holzstangen nach oben, flankiert von einem Halbkreis aus Frauen unterschiedlichen Alters in Steppjacken und älteren Männern in Anoraks. Alle hatten eine Hand Richtung Himmel gestreckt, hielten die Augen geschlossen und redeten dabei mit sich selbst. Nein, wahrscheinlich eher mit Jesus, von dem sie über ihre Finger-Antenne gerade eine göttliche Botschaft empfingen.

„Drecks-Bibel-Pisser...", grollte Nica leise. Was mich in Bezug auf ihren Umzugs-Wahnsinn ein wenig versöhnlich stimmte. Weil es mich rührte, wie ehrlich sie sich über etwas aufregte, das ich ebenfalls nicht mochte.

Trotz ihrer offensichtlichen Abneigung überquerte Nica jetzt aber mit mir die Straße, nahm Kurs auf die Leute mit dem Jesus-Transparent, die sich direkt neben dem U-Bahn-Eingang platziert hatten, weil sich dort kurz vor Geschäftsschluss die Menschen drängten. Aus der zweiten Reihe des Jesus-Halbkreises trat jetzt ein Teenagermädchen mit knallblau gefärbtem Undercut, Bomberjacke und hohen Dr.-Martens-Stiefeln nach vorne. Wo sie weiter die Hand zum Himmel streckte, diesmal mit offenen Augen, und laut etwas in Richtung der Passanten sagte, von dem ich nur die Wörter „Umkehr" und „Vergebung" verstand.

„Stylingmäßig fällt die aber ein bisschen raus", frotzelte ich.

„Wenigstens das", hörte ich Nica sagen.

Bevor ich stutzte.

Zum einen, weil sich Nicas letzte Bemerkung plötzlich seltsam bekümmert angehört hatte, fast schon verzweifelt. Zum anderen, weil der Jesus-Teenie aussah ... wie Nica. Nur etwa fünfzehn Jahre jünger, mit Farbe in den Haaren, silbernem Kreuz um den Hals und ohne Ballonmütze. Sie hatte sogar ebenfalls Aufnäher auf ihrer Jacke. Nur mit anderen Botschaften. „FRAG MICH NACH JESUS", „BIBLE-BITCH" und „PRAY WITH ME" ersetzten Nicas sexpositive Statements, und auf dem Rücken des Mädchens prangte statt Nicas Glitzer-Pailletten-Vulva ein riesiger Glitzer-Pailletten-Jesus – der in der Form seiner äußeren Umrisse einem weiblichen Geschlechtsteil allerdings auf erstaunliche Weise ähnelte.

„Sag mal, ihr seid ... nicht zufällig ... irgendwie verwandt oder so?", konnte ich mir ein Grinsen nicht verkneifen. Eine Bemerkung, die ich gleich darauf am liebsten ungeschehen gemacht hätte. Weil Nica sich jetzt auf ihre roséfarbenen Lippen biss und gegen die Tränen kämpfte.

„Luna ist ... sowas wie meine Schwester", sagte sie schließlich gepresst. Mir entfuhr ein überrasches „Oh...!", trotz meiner Frotzelei und weil ich nicht wusste, was ich sonst Passendes sagen sollte. Ganz kurz überlegte ich, nachzufragen, was Nica mit „sowas wie" gemeint hatte. Aber ich ließ es bleiben, weil sie so aufgewühlt wirkte.

Gemeinsam beobachteten wir das Christenmädchen, dem einer der Männer im Anorak jetzt eine kleine Lautsprecherbox hinstellte, mit daran angeschlossenem Mikrofon. Nach dem griff der Teenager jetzt – um hineinzusingen. Nur ein paar Adlibs, a capella, nicht besonders laut, aber erstaunlich gekonnt. So gekonnt, dass viele in der Umgebung kurz aufhorchten und einige Passanten sich sogar umdrehten.

„Schöne Stimme!", wollte ich anerkennend sagen, in der Hoffnung, dass Nica das vielleicht freute, kam aber nur bis zum „Sti...". Weil das Mädchen dann richtig zu singen begann und es mir die Sprache verschlug.

„Aus der Tiefe rufe iiiiiich, Heeeeerr, zu diiiiir!"

So unerwartet kraftvoll, dass alle Menschen um uns herum verstummten, hallte der Gesang über den Platz.

Selbst auf der anderen Straßenseite wurde es hörbar ruhiger.

„Heeeeerr, höre meine Stiiiiiiiimme! Whohooooohoooo!"

Ich mochte keine Bibelverse. Absolut gar nicht. Trotzdem ertappte ich mich dabei, dass ich – zusammen mit unzähligen anderen – wie gebannt auf die zarte Person in der Bomberjacke zu starren begann. Das Mikrofon in ihrer Linken und ihre rechte Hand gen Himmel gestreckt, wirkte das Teenagermädchen plötzlich völlig entrückt. So als bekäme es gerade wirklich Botschaften aus irgendeinem Himmel.

„Denn bei diiiiiiiiiiir ist die Vergeeeeeeeeebung, dass maaaaaan dich füüüüüürchte!", waberte ihre Stimme über den Hermannplatz.

„Ich harre des Herrn, meine Seele harret...", führte meine Erinnerung plötzlich den Text des Liedes fort. So selbstverständlich, dass ich erschreckte. Tatsächlich kannte ich noch jede Zeile des 130. Psalms, den Nicas „sowas wie ihre Schwester" hier gerade zum Liedtext umfunktionierte. Nicht, weil ich diesen Psalm jemals gesungen hätte – aber ich hatte ihn laut und inbrünstig gebetet. Kurz nach meinem fünfzehnten Geburtstag, ein halbes Jahr vor meinem Termin bei der Jugendhilfe, in einem Schloss in Oberfranken.

Dank kirchlichem Kindergarten, Kinderbibelkreis, Konfirmation, Jugendbibelkreis und Gospelchor war ich von Beginn meines Lebens an ohne Unterbrechungen und völlig selbstverständlich in unsere evangelische Kirchengemeinde hineingewachsen – und je schlimmer sich bei uns zu Hause die Situation mit meinem Bruder entwickelt hatte, desto mehr war diese Gemeinde für mich zu einem echten Safe Place geworden. Umso mehr, weil ich dank der ambitionierten Kantorin dort schon mit zwölf Jahren singend auf der Bühne hatte stehen und sogar eine eigene Band und dadurch auch Freunde hatte finden können.

Mein Dank für diesen Zufluchtsort war ein ebenso naiver wie vehementer christlicher Glaube gewesen, den ich hingebungsvoll vor mir hertrug und glühend verteidigte. Auch dort, wo das alles andere als chic oder passend war. In der Schule, vor meiner schon lange nicht mehr aus Gemeindemitgliedern bestehenden Band, sogar vor den Freunden meines Bruders, die mich inzwischen nicht mehr als „Baby" beschimpften, sondern anbaggerten. Im „Dschungel", im „Linientreu", im „Risiko" oder anderen angesagten Clubs West-Berlins. Dank kiloweise Schminke, Undercut, hochtoupierter Haare und der eigenwilligen Auslegung des Begriffs „Aufsichtspflicht" seitens meiner Eltern war ich ab meinem dreizehnten Lebensjahr dort oft nächtelang zu Gast. Immer mit großem, für alle weithin sichtbarem Kreuz um den Hals.

So enthusiastisch trug ich meinen Glauben zur Schau, dass unsere erzkonservative Gemeindehelferin Karin mich trotz meines schrägen Äußeren und meiner ständig wechselnden, verstörend viel älteren Boyfriends erst regelmäßig zu Jugendfreizeiten beim CVJM und dann immer häufiger in Gottesdienste und Bibelkreise der so genannten Pfingstbewegung mitnahm. Schließlich fuhr ich dann auch in deren „Christliche Begegnungsstätte", das oberfränkische Schloss. Genau wie jetzt neben dem U-Bahn-Eingang beteten die Menschen dort mit zum Himmel erhobenen Händen, Frauen priesen ihre Rolle als Mutter und gehorsame Gehilfin ihres Ehemannes als von Gott gegeben, und die Männer hielten Vorträge über ihre Läuterung durch den Heiligen Geist – also darüber, wie es war, sich von ihrer ungläubigen ersten Ehefrau oder Freundin samt gemeinsamen Kindern zu trennen und eine zweite, gläubige Frau zu heiraten, um mit ihr neue Kinder zu machen.

All das verstörte mich bei der Ankunft durchaus, erschien mir aber als gerade noch vernachlässigbar – angesichts dessen, was mir von Karin versprochen worden war.

„Im Schloss findest du Heilung", hatte sie gesagt, und dass viele nach einem Besuch dort keine Medikamente und mehrere Gelähmte sogar keinen Rollstuhl mehr benötigten.

Ich hatte ihr glauben wollen.

Weil Heilung das gewesen war, für das ich damals, kurz vor meinem fünfzehnten Geburtstag, ein paar Monate vor meinem ersten Besuch bei Herrn Eckstein von der Jugendhilfe, alles gegeben hätte. Absolut alles.

„Vergeeeeebung, Vergeeeeebung...! Bei diiiiir iiiiist Vergeeeeebung...!"

Zwinkern mit den Augen, Nicken mit dem Kopf, stoßweises Ausatmen, zwanghaft, in völlig unpassenden Momenten, immer und immer wieder. Meine Tics, die bereits in der Grundschulzeit begonnen hatten, waren mit den Jahren immer schlimmer geworden. Genau wie die erschrockenen und befremdeten Blicke meiner Umgebung, wenn die unfreiwilligen Bewegungen sich Bahn brachen.

In meinen ersten Teenagerjahren hatte ich das Problem mithilfe von Konzentration und Willenskraft immer noch für eine Zeitlang unterdrücken können. Auf der Bühne, bei Männern, die mich interessierten, nachts in den Clubs oder im New-Wave-Café „Swing" am Nollendorfplatz, wo ich nach der Schule oft stundenlang blieb, um nicht nach Hause zu müssen. Auch in Gegenwart meines Vaters und meines Bruders, weil beide mich grundsätzlich nachäfften, sobald ich zwinkerte, zuckte oder komische Geräusche machte. Damit ich lernte, mich zusammenzureißen, sagte mein Vater. Obwohl mein Bruder zur selben Zeit wegen seiner eigenen Tics bereits in psychologischer Behandlung war – ein Schritt, den meine Eltern in meinem Fall seltsamerweise nie in Betracht gezogen hatten.

Ein paar Monate vor meinem fünfzehnten Geburtstag waren meine Tics dann so heftig geworden, dass ich sie gar nicht mehr hatte kontrollieren können. So heftig, dass ich mich nicht mehr auf die Bühne traute und mein damaliger – immerhin nur vierundzwanzigjähriger – Freund, in den ich ungeheuer verliebt war, mich nur noch peinlich und unsexy fand und mit mir Schluss machte. Vor Scham ging ich nachts nicht mehr in Clubs und nach der Schule auch nicht mehr ins Café Swing. Stattdessen drückte ich mich so oft es ging in Kirchengemeinden oder bei Mit-Christen herum, um nicht nach Hause zu müssen. Weil es in Christenkreisen als unfein galt, über körperliche Einschränkungen zu spotten – zumindest dann, wenn die Betroffenen es mitbekamen.

„Aus der Tiiiiiefeeee ruuufeee iiich! Heeeeerrrr, zu diiiir!"

Tatsächlich hatten mir die Leute in dem oberfränkischen Schloss sofort Heilung angeboten! Der Auslöser der Tics lag für alle dort schließlich auf der Hand. Ich hatte ungeheure Sünde auf mich geladen. Weil ich keine Jungfrau mehr war. Weshalb ich vor Gott meine Verfehlungen umgehend bereuen, durch den Heiligen Geist wieder unbefleckt werden und mich danach für meinen zukünftigen Ehemann aufsparen müsse.

„Ich harre des Heeeeeerrn! Meine Seele haaaaaaarret! Und ich hooooooffeeee auf sein Woooooort!"

Auch wenn mir selbst dieser Zusammenhang nicht unbedingt offensichtlich vorkam – ich wollte, dass das verdammte Zucken verschwand. Um jeden Preis.

In der Beichte musste ich deshalb alle meine bisherigen Sexualkontakte und -praktiken aufzählen. Vor einer Beichtzeugin, die ausgerechnet den Namen der germanischen Göttin Freya trug. Freya war schon Anfang dreißig, wirkte etwas verstört vom Umfang und Detailreichtum meiner Ausführungen, sprach mit mir dann aber umso eifriger den 130. Psalm und half mir, Gott um Vergebung zu bitten. Dafür, dass ich mich Theo, Dieter, Gero, Claudio und all den anderen sündig hingegeben hatte, statt mich aufzusparen für einen christlichen Ehemann.

Fast eine halbe Stunde dauerte die Beichte, weil es so viele Namen gewesen waren und Sünden.

„Denn bei diiiiir ist die Vergeeeeeeebung, dass man dich füüüüürchte!"

Dank der Gnade Christi und der Kraft des Heiligen Geistes trüge ich nun wieder das blütenweiße Kleid einer Jungfrau, sagte Jesus-Freya dann, gratulierte mir und brachte mich zurück zu den anderen. Damit ich meine Freude mit ihnen teilen konnte. Über die Vergebung, die mir zuteil geworden war – und über meine Heilung.

Denn tatsächlich waren die Tics verschwunden.

Zumindest, solange die Erwachsenen auf dem Schloss mich als Fleisch gewordenes Heilungswunder bestaunten und mir so ungeteilte Aufmerksamkeit zukommen ließen. Ungeteilte Aufmerksamkeit, die mir genug Kraft gab, die Zuckungen den gesamten Aufenthalt über wieder an Orte zu verbannen, wo ich unbeobachtet war. Schon eine halbe Stunde nach dem Bußgebet hatte es mich auf der Toilette minutenlang geschüttelt, als wäre ich besessen gewesen, aber davon erzählte ich niemandem. Auf dem Schloss nicht und auch in der Gemeinde nicht.

Genauso wenig wie von dem Umstand, dass meine neu erlangte Jungfräulichkeit nach meiner Rückkehr aus dem Schloss eher kurzlebig gewesen war. Neun Tage hatte sie überdauert, um genau zu sein.

Weil ich – dank des einwöchigen Übungs-Bootcamps auf dem Schloss – meine Tics auch in Berlin nun wieder besser verbergen und mich deshalb auch wieder in Clubs und ins Café Swing trauen konnte. Wo ich Männer – und Frauen – kennenlernte, mit denen ich Sex hatte. Sex, der, trotz allem, damals immer öfter anfing, mir Spaß zu machen und mir Kraft zu geben.

Manchmal sogar noch mehr Kraft als ein Gebet.

Weshalb ich die evangelikale Kirche und auch meine alte Gemeinde dann immer seltener und irgendwann gar nicht mehr besuchte und auch meine Tics schließlich verschwanden.

Bis heute Morgen hatte ich geglaubt, die wahren Gründe dafür seien der Umzug in meine erste eigene Wohnung und das damit einhergehende Sicherheitsgefühl gewesen.

Aber was immer sich nach meinem Besuch bei der Jugendhilfe wirklich zugetragen hatte – zumindest waren die Tics auch jetzt nicht mehr da. Was mich aufatmen ließ.

Und mein christlicher Glaube?

Sicherheitshalber horchte ich noch einmal tief in mich hinein. Nein, da war nichts mehr. Gar nichts. Einmal mehr atmete ich auf, ehrlich erleichtert.

In meinen Traumleben war ich – aufgrund meiner Dankbarkeit für die ersten Gemeindejahre – trotzdem erst in meinem 35. Lebensjahr aus der Kirche ausgetreten. Meine von Kindesbeinen an hochtrainierte Spiritualität hatte danach ihr Zuhause im nordischen Polytheismus gesucht und gefunden. Einer Religion, in der es statt Geboten, Sünden und Vergebung ausschließlich Selbstverantwortung gab und in der die sexuelle Kraft nicht als Sünde verbannt, sondern als Göttin gefeiert wurde. Die – ausgerechnet – Freya hieß.

Eine Weltsicht, die sich auch jetzt noch verdammt gut anfühlte. Egal, wann und wo ich wirklich auf sie gestoßen war.

„Vergeeeebung, Vergeeeeebung, bei dir ist Vergeeeebung", sang Christenmädchen-Luna weiter. Noch immer beobachtet von Nica, deren Blick mittlerweile so schmerzerfüllt war, dass ich nach irgendetwas suchte, um sie zu trösten.

„Ich war früher auch mal so drauf. Das ist sicher nur eine Phase", war schließlich das Ergebnis dieser Suche und ich ziemlich unzufrieden. Weil es sich, obwohl es stimmte, furchtbar nach Allgemeinplatz anhörte.

„Ich weiß...", entgegnete Nica dann auch nur und seufzte.

Lunas Gesang verstummte.

Das evangelikale Punkermädchen, das jetzt direkt vor uns stand, öffnete die Augen – und begann mich zu mustern. Von oben bis unten. So grenzüberschreitend unverhohlen, dass mir ganz beklommen zumute wurde.

„Du bist auf der Flucht!", sagte sie dann. Direkt ins Mikrofon – woraufhin der Satz genauso laut über den Hermannplatz schallte wie vorher ihr Gesang – und während sie, genau wie Nica, auf meinen Mund blickte statt auf meine Augen.

Ich erstarrte. Weil das, was sie sagte, ja stimmte.

„Aber Weglaufen wird dir nichts nützen!"

Lunas Unterton wurde so drohend, dass es mir durch Mark und Bein ging.

„Du musst umkehren! Und deine Sünden bekennen!"

Wie erstarrt stand ich vor dem Teenagermädchen, dessen Blicke sich anfühlten, als sehe es direkt in mich hinein – und dort auf einen Spind, aus dem Menschenfinger ragten und der noch immer hinter einem hässlichen, blauen Vorhang in meiner Duschwanne stand.

Zu meinen Füßen fing Zerberus an zu winseln – Lunas Tonfall wurde ihm gerade ziemlich sicher genauso unheimlich wie mir –, während mein Nasenbein anfing zu puckern, als träte von innen jemand dagegen. Nica seufzte noch einmal, diesmal aber wieder eher gereizt als verzweifelt.

„Komm", sagte sie dann und zog mich weg. Richtung U-Bahn-Eingang.

12. ECHTE LIEBE

Wir waren zwei Stationen weiter zum Kottbusser Tor gefahren und dort in einen Falafel-Imbiss gegangen. Weil Nica, so hatte sie gemeint, der Appetit vergangen wäre, hätte sie beim Essen weiter Lunas Predigt hören müssen.

Danach wollte sie über das Mädchen, das sowas wie ihre Schwester war, nicht mehr reden, wofür ich ihr dankbar war. Weil ich die ganze Zeit versuchte, Lunas „Du musst umkehren und deine Sünden bekennen" zu vergessen, was mir aber nicht gelang.

Wir aßen schweigend. Arm in Arm, draußen auf einer Bank, weil Zerberus nicht nach drinnen durfte. Allerdings kam mir dieses Schweigen gar nicht bedrückend vor. Im Gegenteil. Ich staunte, wie sehr ich Nicas bloße Gegenwart genoss, wie geborgen ich mich bei ihr fühlte und wie sehr es mich rührte, dass sie mir komplett zu vertrauen schien. Zugleich hatte ich genau deswegen aber ein furchtbar schlechtes Gewissen. Nica kannte mich doch gar nicht! Mich, die Frau mit dem Leichenspind, die nicht wusste, was sie getan hatte, die potentielle Mörderin – die vielleicht noch weiter morden würde, ohne sich hinterher daran zu erinnern?

Jetzt hatte Nica ihren Falafel aufgegessen, kuschelte sich an mich mit geschlossenen Augen und ihrem wunderschönen Lächeln. So arglos, dass es mir einen immer schmerzhafteren Stich versetzte. Sollte ich sie vor mir warnen? Schon wegen ihrer Freundin, mit der Nica in der U-Bahn bereits getextet hatte und die nicht das geringste Problem damit zu haben schien, dass eine völlig fremde Frau mit Hund ein paar Tage bei ihr wohnte – und die Nicas Zuflucht war, wenn sie sich wieder einmal gegen ein potentielles Elternteil entschieden hatte. Musste ich nicht wenigstens so fair sein, Nica die Wahl zu lassen, ob sie diesen Schutzort einer vielleicht tödlichen Gefahr aussetzen sollte, oder besser nicht?

Aber wo ließ sich sonst noch ein Schlafplatz finden um diese Zeit – und was, wenn Nica zur Polizei gehen würde? Wer kümmerte sich um Zerberus, wenn ich im Gefängnis war? Selbst, wenn der hingebungsvollste aller Hunde auch irgendwie alleine klar kam – er war mein bester Freund geworden, mein Tröster, mein Beschützer. Ich war ihm etwas schuldig!

Als hätte Nica meine Gedanken gelesen, beugte sie sich jetzt nach vorn, kraulte die niedlichste aller Promenadenmischungen hinter seinen weichen Ohren.

„Wie der die ganze Zeit ohne Leine bei dir bleibt... Das ist wirklich was ganz Besonderes. Echte Liebe!"

Ich nickte. Den Hund betrachtend, der einmal mehr seine Schnauze unter seinen Bauch gesteckt hatte und so zusammengerollt viel eher wie ein Fuchs aussah, liebte ich Zerberus zurück. Glühend, uferlos – und plötzlich in der Gewissheit, dass ich alles dafür tun würde, dieses kleine Zauberwesen nicht allein zu lassen. Absolut alles.

„Ja. Echte Liebe", wiederholte ich leise.

Nica richtete sich auf, gab mir einen Kuss auf die Schläfe und schmiegte sich wieder an mich.

„Meine Freundin wirst du gleich auch lieben", meinte sie dann. „Wobei sie eigentlich eher sowas wie meine Mom ist. Und mein Dad. Gleichzeitig. Also ... als Ersatz. Weil meine echten Eltern so scheiße sind."

„Willkommen im Club", erwiderte ich trocken und ertappte mich dabei, wie ich grinste. Um zu überspielen, wie elend es sich in Wahrheit anfühlte, schlechte Eltern zu haben.

„Sie ist da!", sagte Nica plötzlich.

„Was?"

„Na, meine Freundin. Sie meinte, es ist besser, wenn sie uns abholt."

Erst jetzt fiel mir auf, dass auf der gegenüberliegenden Straßenseite ein Auto gehalten hatte.

Ein roter FIAT 500.

„Das ging schnell", meinte Ana und lächelte mich an.

Während ich ungläubig vor dem FIAT stand, hinter dessen Steuer die grauhaarige Frau aus dem Keller saß, mit ihrem Muttersack vor dem Bauch. Zu meinen Füßen fing Zerberus an zu winseln und wie wild mit dem

Schwanz zu wedeln, als würde er sich gar nicht mehr einkriegen vor Freude – bevor er, als Nica die Wagentür öffnete, mit einem ungeheuren Satz direkt auf die Rückbank des FIAT sprang.

Wo ein Kind saß.

In einem knallorangefarbenen Hoodie, ein rostiges Metallrohr zwischen den Knien, neben einem Teenagermädchen mit blau gefärbtem Undercut und Jesus-Aufnähern auf der Jeansjacke.

„Das ist Vera", meinte Nica.

„Ich weiß", entgegnete Cai, obwohl ich mich nicht erinnern konnte, dem Kind meinen Namen gesagt zu haben.

Restlos überfordert von mindestens drei Zufällen zu viel glotzte ich auf die Insassen des Wagens und dann auf dessen Stoßstange. An der hing eine Haarsträhne. In der Farbe von Kindergesichts Kleinmädchenzöpfen.

„Vertraust du mir jetzt?"

Ana lächelte noch einmal.

Ich nickte mechanisch. Mir wurde schwindelig.

„Gute Entscheidung", warf Nica ungerührt ein, klappte den Vordersitz nach unten und quetschte sich auf die Rückbank neben Luna, Cai und Zerberus, der dazu übergegangen war, abwechselnd das Kindergesicht und die Kinderhände abzulecken. während Luna mich zum zweiten Mal an diesem Abend musterte. Durchdringend, von oben bis unten, voller Misstrauen.

„Dein Jesus würde nicht so grantig gucken", stichelte Nica, als sie es bemerkte. Luna drehte sich weg.

Eine Weile fuhren wir schweigend. Wobei der Wagen die meiste Zeit eher stand, weil Ana auf dem Kottbusser Damm wenden musste, wo der Verkehr sich staute. Ich hatte als Beifahrerin neben ihr Platz nehmen dürfen, und Nica hielt vom Rücksitz aus meine Hand. Dankbar, sie bei mir zu haben in Anbetracht der unwirklichen Situation, schloss ich für einen Moment die Augen.

Als Cai plötzlich die Stille unterbrach.

„Hast du ihn eigentlich gefunden?", erkundigte sich das Kind.

„Was meinst du?", entgegnete ich. Etwas nervös, weil ich ahnte, worauf die Frage abzielte.

„Na, den Spind! Den Spind mit den Leichen!"

Schlagartig fühlte mein Magen sich an, als würde er nach unten zwischen meine Beine rutschen.

„Was für ... Leichen?", hakte Luna nach. Mit so frostigem Unterton, dass mir schwindelig wurde.

„Ich habe die gesehen!", erklärte Cai aufgeregt. „Die Finger! Von den Leichen! In Veras Dusche!"

„Das ist, also ... phh...", rang ich um Fassung, während ich entsetzt spürte, wie Nica meine Hand losließ. „Der ... Spind ... ich... Ich weiß leider selbst ... überhaupt nicht ... wie die Lei..."

„Was erzählst du denn für Sachen, Cai?", unterbrach mich Ana, gerade noch rechtzeitig vor der Vollendung des L-Wortes. Lachend. Aber irgendwie klang dieses Lachen bemüht.

„Cai erzählt keine Sachen", meinte Luna grimmig. „Diese Frau ist auf der Flucht! Sie hat Sünde auf sich geladen! Das sehe ich auf tausend Meter Entfernung!"

„Ist sie eine Mörderin?"

Cai war so erschrocken, dass Zerberus verunsichert zu fiepen begann. Vor Verzweiflung schossen mir die Tränen in die Augen.

„Bitte, ich ... ich habe keine Ahnung, was passiert ist! Ich kann mich nicht erinnern! Alles, was ich gemacht habe in den letzten 35 Jahren ist ... einfach weg!"

Hilflos drehte ich mich zu Nica um, deren Mund jetzt verstörend feindselig aussah.

Allerdings blickte sie gar nicht zu mir.

Sondern zu Luna. Um die plötzlich am Arm zu packen und zu schütteln. Mit der Hand, die eben noch meine Hand gehalten hatte.

„Und selbst *wenn* sie eine Mörderin wäre...", zischte Nica dann, so drohend, dass es mir die Sprache verschlug. „Dann hätte sie ihre Gründe!"

Überwältigt von so viel Loyalität starrte ich Richtung Rückbank. Mit weit offenem Mund. Nica ließ Lunas Arm los, suchte mit ihrer Hand demonstrativ nach meiner, fand sie. Mit zitternden Fingern hielt ich sie, so fest ich konnte – als Ana plötzlich abrupt in eine Seitenstraße abbog, so schwungvoll, dass wir uns in der Kurve die

Köpfe stießen. Kurz hinter der Ecke hielt sie in der zweiten Spur, drehte sich auf ihrem Sitz zu den anderen.

„Aufhören! Sofort!"

„Aber...", wollte Luna trotzig einwerfen.

„Nichts aber!", fuhr Ana ihr über den Mund. Bevor sie den Gang wieder einlegte und Gas gab. „Bevor ihr euch noch schlimmer streitet, sehen wir jetzt nach. Alles weitere überlegen wir dann."

Fast eine halbe Stunde lang hatte sich der FIAT 500 durch den Stau zum S-Bahnhof Neukölln gekämpft, einmal mehr war es dabei ganz still im Auto gewesen, während Nica und ich uns an den Händen gehalten und nervös aus dem Fenster und Luna und Cai auf ihre Handys gestarrt hatten.

„Ich muss mal", meinte Cai schließlich, als wir am Pennymarkt vorbeifuhren und dort um die Ecke, in die Straße mit dem Haus, in dem meine Wohnung war.

Vor dessen Tür eine Polizeiwanne stand.

An der zwei Polizistinnen warteten, in schusssicheren Westen.

„Fuck!", hörte ich Nica hinter mir fluchen. Ana bremste unvermittelt, brachte den FIAT etwas entfernt von der Polizeiwanne zum Stehen, ich erstarrte vor Angst.

„Duuu...!", entfuhr es Nica leise. So hasserfüllt, dass ich meine Erstarrung überwand und mich zu ihr umdrehte. Auch, weil sie einmal mehr meine Hand losgelassen hatte und ich spüren konnte, dass es in meinem Rücken zu einem Gerangel kam.

Bei dem Nica jetzt Luna deren Handy aus der Hand riss.

„Du gottverdammtes Miststück!", brüllte Nica Luna ins Gesicht. Dann zeigte sie mir das Handy.

„Onlinewache" stand auf dem Display.

Luna hatte nicht am Handy gedaddelt. Sie hatte mich angezeigt!

„So tut nun Buße und bekehrt euch", murmelte das Christenmädchen leise, ohne Nica dabei anzusehen, „dass eure Sünden vertilgt werden."

Nica zitterte vor Wut und vor meinen Augen begann sich alles zu drehen. Verzweifelt versuchte ich einen klaren Gedanken zu fassen, blickte hilflos zum unschuldigsten aller Hunde, der sich auf Cais Knien zusammengerollt hatte.

„Wenn die mich festnehmen ... kümmerst du dich dann um Zerberus?", fragte ich das Kind schließlich so ruhig wie nur möglich, während mein Nasenbein und mein Herz gleichzeitig so sehr zu pochen anfingen, dass mir die Luft wegblieb.

Einen Moment blickte Cai mich an. Erst völlig verdattert – und dann entsetzt.

„Aber ... ich darf keinen Hund haben! Meine Eltern erlauben das nicht!". Dem Kind kamen die Tränen. „Du

darfst nicht weggehen! Er hat sich gerade an dich gewöhnt!"

Nicas Kopf schoss auf Luna zu, bis ganz kurz vor deren Nase.

„Siehst du, was du angerichtet hast?", brüllte sie ihr
entgegen, außer sich vor Wut.

„Schluss jetzt!"

Anas Stimme donnerte so laut durch den FIAT, dass
der Wagen bebte.

Dann trat sie aufs Gas, fuhr den FIAT vorwärts bis
kurz vor unseren Hauseingang, direkt hinter die Polizeiwanne.

„Steig aus", sagte Ana dann – und sah mich an.

13. AUF WIEDERSEHEN
IN BERLIN

Ich stieg aus. Wie betäubt und im Zeitlupentempo ging ich auf die Polizistinnen zu, während ich hörte, wie Ana hinter mir die Scheiben des FIAT herunterfuhr und Zerberus bellte.

Die Haustür wurde geöffnet. Von drinnen. Weil ein Polizist aus dem Flur zurück zu seinen Kolleginnen kam.

„Da oben ist nichts", sagte er. „Kein Spind, keine Leichen."

Ich blieb stehen.

Die blondere der beiden Polizistinnen verdrehte genervt die Augen.

„Immer dasselbe. Scheiß Wichtigtuer!"

„Als ob wir nichts Besseres zu tun hätten!", meinte die andere Polizistin, öffnete die Tür der Wanne und stieg ein.

Verdattert wandte ich mich zum FIAT um, aus dem noch immer Zerberus' Gebell zu hören war — und von dessen Steuer aus Ana mir zuzwinkerte.

„Ich wollte nur, dass du das hörst", meinte sie, dann blickte sie zur Rückbank.

„Und, dass ihr alle das hört! Habt ihr doch, oder?"

„Haben wir!", rief Cai, mit einem Mal wieder gänzlich unbeschwert und begleitet von Zerberus´ Gebell, das jetzt fröhlich und abenteuerlustig klang.

Während Nica strahlte.

Nur Luna blieb reglos, biss sich auf die Lippen und schien sich zu schämen.

Mit einem feinen Lächeln deutete Ana neben sich auf den leeren Sitz.

„Komm!", sagte sie dann zu mir. „Lass uns fahren."

Nach meiner Rückkehr in den Wagen war Zerberus gar nicht mehr zu bremsen gewesen vor Freude. Wieder und wieder hatte er von hinten meinen Nacken und meine Ohren beleckt, seine Lefzen an meinen Wangen gerieben. Schließlich war er über die Lehne nach vorne auf meinen Schoß und dann vor meine Füße geklettert, hatte sich dort zusammengerollt und war eingeschlafen. Die Schnauze unter seinem Bauch, auf meinen Schuhen.

„Wahre Liebe", hatte Nica leise gemeint, wieder meine Hand genommen, und ich war erleichtert gewesen wie noch nie in meinem Leben. Zumindest in dem Leben, an das ich mich erinnern konnte.

Aber nur kurz.

Weil ich den verdammten Spind doch gesehen hatte.

Genau wie Cai.

Hatten wir uns das beide nur eingebildet? Nein. Der verfluchte Kasten mit den Leichenfingern war in meiner Dusche gewesen. Ganz sicher!

Trotzdem lehnte ich mich zurück und schloss die Augen. Völlig erschöpft, während Ana den Motor anwarf und losfuhr.

Allerdings nicht Richtung Moritzplatz, wie ich bemerkte, als ich meine Augen wieder öffnete. Stattdessen waren wir auf der Autobahn Richtung Süden. Die der Innenstadt genau entgegengesetzte Richtung.

„Wo willst du hin?", fragte ich, schlagartig alarmiert.

„Vertrau mir", erwiderte Ana. „Die anderen tun es auch."

Sie deutete zum Rücksitz, wo Nica, Luna und Cai jetzt selig nebeneinander schliefen. Cai mit dem Kopf auf Lunas Schulter, Luna mit ihrem Kopf auf der Schulter von Nica und alle mit leicht offenstehenden Mündern. Die sich auf frappierende Weise ähnelten. Alle drei. Auch Cai und Luna sahen jetzt aus, als wären sie Zwillingsgeschwister, nur in unterschiedlichen Lebensaltern. Nein, alle vier! Denn auch Ana, stellte ich fest, sah aus wie Nica! Nur mit silbernem Haar, silbernen Wimpern und eleganterer Kleidung.

Gehörten sie alle zu einer Familie? Hatte sie jemand geklont? In jedem Fall konnte das doch nicht alles nur Zufall sein.

„Darf ich ... dich etwas fragen, Ana?", begann ich vorsichtig, der Sache auf den Grund zu gehen.

„Ich habe schon gedacht, du fragst nie", entgegnete Ana und grinste.

„Also gut", erwiderte ich überrascht und etwas mutiger. „Nica meinte, du wärst ... eine Freundin, aber ihr seht euch so ähnlich. Seid ihr ... irgendwie miteinander verwandt?"

Ana lächelte in sich hinein.

„Mehr als das", sagte sie dann leise. „Viel mehr."

„Was...?"

Ana schmunzelte – und schwieg. Während ich nach Worten für eine weitere Frage suchte, sie nicht fand und Ana plötzlich das Gesicht verzog.

„Dass die ihre Strahler immer so falsch einstellen müssen", schimpfte sie und klappte meine Sonnenblende herunter. Obwohl die das Scheinwerferlicht nicht im Geringsten abhielt. Dazu war sie viel zu weit oben.

Etwas verwundert blickte ich in den Spiegel, der in die Blende eingelassen war, betrachtete erschrocken meine noch immer dick geschwollene Nase, beleuchtet vom Mondlicht, das durch die Seitenscheibe fiel. Auf meinen Mund. Meinen Mund, der plötzlich aussah wie ein Abziehbild von Nicas, Lunas, Cais und Anas Mund!

Oder bildete ich mir das nur ein?

Vor uns tauchte ein Autobahnschild auf: „Auf Wiedersehen in Berlin". Der FIAT passierte die Stadtgrenze, fuhr weiter Richtung Süden.

„Wir sind gleich da", sagte Ana und klang plötzlich seltsam angespannt. Ich konnte hören, dass sie schwerer atmete. Fast, als hätte sie Schmerzen.

So unauffällig wie möglich musterte ich Ana von der Seite. Sie sah müde aus. Sowieso schon. Auf den zweiten Blick wirkte sie aber auch unendlich angestrengt. Als würde sie versuchen, zu verbergen, dass ihr etwas weh tat. Oder als würde sie gerade etwas sehr Schweres tragen.

„Ist ... alles okay?", fragte ich unsicher.

„Jaja, mach dir keine Sorgen", entgegnete Ana. Dabei atmete sie mit solcher Mühe aus und ein, dass ich mir zu überlegen begann, wie ich ins Lenkrad greifen könnte, falls sie am Steuer gleich ohnmächtig würde.

Ich registrierte, wie Anas schmaler Körper auf dem Sitz hin und her rutschte. Wie sie dabei immer wieder ihren Muttersack zurechtrückte, der über dem Sicherheitsgurt auf ihrem Unterleib und ihren Oberschenkeln lag.

„Ich habe...", ächzte Ana leise, „...das Gewicht vielleicht ... ein bisschen unterschätzt."

Tatsächlich drückte die bis fast zum Platzen vollgestopfte Bauchtasche bei genauerem Hinsehen eine solche Delle in ihren Unterleib, dass ich mir nicht erklären konnte, wie sie überhaupt noch atmete.

„Soll ich dir das mal abnehmen? Also ... den Mutter-sack?"

„Das geht nicht", entgegnete Ana gepresst.

„Warum nicht?"

„Zu schwer."

„Ich schaffe das schon", beteuerte ich lachend. „Halte einfach kurz an, dann übernehme ich."

Tatsächlich zog Ana den Wagen jetzt nach rechts, in die Einfahrt eines Autobahnparkplatzes, wo sie vor dem Toilettenhäuschen stehen blieb.

„Phüüüüüüü...", schnaufte sie, während sie die Handbremse zog und den Klickverschluss öffnete, mit dem der Muttersack an ihrem Unterleib befestigt war. „Kannst du ihn mir vielleicht wirklich mal abnehmen? Nur ganz kurz?"

„Klar", entgegnete ich, griff mit einer Hand beherzt zu – und zog mich damit selbst so abrupt in Richtung von Anas Unterleib, dass mir zum dritten Mal an diesem Tag ein entsetztes „Hhhhhh!" entfuhr.

Weil der Muttersack sich nicht bewegte. Keinen Zentimeter. So schwer war er.

„Was hast du da drin?", fragte ich, ehrlich fassungslos. „Einen Sack Zement?"

Ana schüttelte den Kopf.

„Einen Spind", sagte sie dann.

14. ABGRUND

Wir hatten einige hundert Meter vom Parkplatz durch die Fichten zurückgelegt. Ana hatte beim Aussteigen alle verwunderten Fragen von Luna, Nica und Cai mit einem resoluten „Wir machen einen Ausflug, lasst euch überraschen!" abgebügelt und stapfte voran. Mit ihrem Muttersack vor dem Bauch, schnaufend und schwankend, als wäre sie mit Zehnlingen schwanger. Ich lief neben ihr, bot mehrfach vergeblich an, ihr tragen zu helfen, in der Hoffnung, sie habe, was den Spind anging, nur einen Witz gemacht. Doch je länger Ana sich keuchend durch das Unterholz kämpfte, ihr Handy als Taschenlampe in der Hand, auf einen Hochspannungsmast zu, dessen rote Warnleuchten in der Ferne blinkten, desto größere Angst bekam ich.

Am Fuß des Hochspannungsmastes machte Ana Halt, im roten Licht von oben kniete sie sich auf den Boden und schnallte mit einem lauten „Phüüüüü..." den Muttersack von ihrem Unterleib. Es rumpelte metallisch, als die Bauchtasche den Waldboden berührte. Woraufhin mein Magen einmal mehr in Richtung meiner Knie sackte. Zumindest fühlte es sich so an.

„Bevor ihr...", begann Ana noch völlig außer Atem, „... bevor ihr euch gleich alle furchtbar erschreckt, sollt ihr eines wissen." Mit ernster Miene blickte sie von Cai zu Luna und von Luna zu Nica und dann zu Zerberus und mir. „Es gibt keine Leichen", sagte sie dann. „Zumindest nicht, wenn ihr vernünftig seid."

„Vernünftig? Was soll denn das heißen?", fragte Luna verwundert. Bevor Nica zum zweiten Mal an diesem Abend ein entgeistertes „Fuck!" entfuhr.

Weil Ana den Muttersack geöffnet hatte.

Starr vor Entsetzen blickten Nica, Cai, Luna, Zerberus und ich auf den Spind, der mit seiner Rückwand auf dem Waldboden lag. Den Spind, aus dessen Türspalt vier Leichenfinger ragten, die Zerberus jetzt neugierig zu beschnüffeln begann.

„Bleibt ganz ruhig", versuchte Ana zu beschwichtigen. „Der Anblick wird zwar ... gewöhnungsbedürftig, weswegen wir uns auch hier treffen und nicht mitten in Berlin, aber ich zumindest bin viel schneller damit klargekommen als ich dachte."

Bevor sie den Spind öffnete – und es plötzlich so bestialisch zu stinken begann, dass wir alle wie auf Knopfdruck anfangen mussten zu würgen. So heftig, dass es mir die Tränen in die Augen drückte und der Wasserschleier das Bild davor verschwimmen ließ. Aber nur kurz.

Dann begann ich, das Grünlich-Dunkelbraune, hier Trockene, da Knochige, an einigen Stellen auch Klebrig-Fleischige zu erkennen, das den Gestank hervorrief. Direkt vor mir im Spind.

Drei Leichen, durch fortgeschrittene Verwesung bereits ineinandergeflossen, in den Überresten besudelter, modriger Kleidung.

Die mir entsetzlich bekannt vorkam!

Eine braune Schiebermütze, die Reste einer dunkelblauen Arbeitshose mit Gipsflecken, ein Arbeitshemd in derselben Farbe mit derselben Verunreinigung – und weiße Gesundheitspantoffeln, noch erstaunlich gut erhalten, mit einem Loch vorne am rechten Zeh.

Diese Kleidung – gehörte meinem Vater! Seit ich denken konnte trug er sie jeden Tag, wenn er in seinem Bildhaueratelier Steine bearbeitete. Nur mit Hammer und Meißel, nie mit der Flex, und immer zu klassischer Musik.

Wieso lag mein Vater hier? Schon lange tot? Meine Mutter hatte am Telefon doch von „wir" gesprochen. War sie mittlerweile mit jemand anderem verheiratet?

Auf dem teilweise bereits nackten Schädel der zweiten, wesentlich kleineren Leiche saß eine Kappe. Kreisförmig, mit schwarz-weißem Ethnomuster. Genau so eine, wie meine Mutter sie vor Jahrzehnten auf einem

Kirchenbasar gekauft hatte und noch heute ständig aufsetzte, obwohl alle außer ihr selbst der Meinung waren, dass sie ihr alles andere als stand. Auch die Bernsteinkette, die den bereits offenen Schlund der Leiche zierte, sah genau aus wie die, die meine Mutter von ihrer Mutter geerbt hatte und täglich trug.

An der dritten, größten Leiche fehlte die Kleidung. Lediglich über der Hüfte, aus der links bereits ein Stück Gelenkpfanne ragte, lag etwas ehemals Weißes, Weiches. Waren das ... Windeln gewesen? Windeln ... für Erwachsene? Erst jetzt nahm ich wahr, dass zwischen den Zähnen dieses Leichnams ein Schnuller steckte, in Duschvorhang-Hellblau – und dass der Tote ein – noch überraschend gut erhaltenes – Päckchen Zigaretten in der zu Dörrfleisch vertrockneten Linken hielt. Marke „Prince Denmark", die es so gar nicht mehr zu kaufen gab. Die lange Zeit aber die Lieblingszigaretten meines Bruders gewesen waren, der sich in psychotischen Phasen für die Wiedergeburt des Dänenprinzen Hamlet hielt.

Aber Andreas und meine Mutter waren vorhin doch noch am Leben gewesen! Ich hatte doch am Telefon ihre Stimme gehört und sie hatte erzählt, dass sie Heiligabend mit meinem Bruder verbringen würde, so wie immer!

Vollkommen verwirrt starrte ich auf die menschlichen Überreste – und zugleich entsetzt.

Aber nicht wegen der Toten.

Sondern darüber, dass mich statt Trauer gerade ein ungeheures Gefühl der Erleichterung überkam. Erleichterung, die mich so überrollte, dass ich am liebsten laut in den nächtlichen Wald gebrüllt hätte vor Freude, wären da nicht Nica, Luna, Ana und Cai gewesen. Erleichterung, die machte, dass ich mich vor mir selbst zu ekeln begann. Vor mir lagen die Leichen meiner Eltern und meines Bruders, verdammt nochmal! Wieso spürte ich keinerlei Traurigkeit? Nicht das geringste Bisschen?

Stattdessen überlegte ich nur weiter fieberhaft, wie es möglich war, dass die drei hier lagen. Hatte ich mir das Telefonat nur eingebildet?

Als die „Prince-Denmark"-Schachtel sich plötzlich zu bewegen begann! Genau wie der Gesundheitsschuh mit dem Loch am rechten Zeh und die Ethno-Kappe!

Mit einem erschrockenen Aufschrei machte ich einen Satz rückwärts und dann noch einen, stieß dabei mit Nica zusammen, die genau dasselbe tat. Während wir von Weitem Anas Stimme hören konnten, die plötzlich schrill klang und aufgesetzt fröhlich.

„Seht ihr? Es gibt keine Leichen! Alles kann wieder gut werden. Mit ein bisschen gutem Willen von beiden Seiten!"

„Mit ein bisschen ... gutem Willen?", wiederholte ich, ohne zu verstehen, was sie meinte, während sich die Leichen meiner Eltern und meines Bruders aufrichteten. Hier und da verwestes Fleisch verlierend, die Köpfe schlaff baumelnd an ihren aufgedunsenen Hälsen, schleppten alle drei sich auf uns zu. Schritt für Schritt.

Entgeistert starrten Nica, Cai, Luna und ich auf das grässliche Schauspiel, während Ana immer verkrampfter zu strahlen begann.

„Ich weiß, das wird sicher nicht einfach, Vera, aber ... es ist wichtig, im Gespräch zu bleiben. Auch bei unterschiedlichen Positionen", erklärte sie mit schiefem Lächeln und mit der Stimme aller Lehrerinnen, Mediatorinnen, Sozialarbeiterinnen, Freundinnen meiner Eltern, Tanten und Cousinen, die mich in den vergangenen dreißig Jahren davon hatten überzeugen wollen, mich meinem Bruder – und damit auch meinen Eltern – endlich wieder anzunähern. Ganz egal, wie gefährlich Andreas war.

„Weil Familie doch das Wichtigste ist!", fuhr Ana fort, mit fiebrigem Zittern in der Stimme. „Das findest du doch auch, Vera? Oder etwa nicht?"

Ich konnte nicht antworten.

Weil Magenklumpen, Solarplexus-Kralle und Wutfaust in meinem Körper gerade selbst eine Familie gründeten und sich dabei so unkontrolliert vermehrten, dass ich schreien und um mich schlagen und mich zugleich verkriechen und erstarren wollte.

„Du hast keine Ahnung, Ana", brachte ich schließlich tonlos über die Lippen, während Zerberus nervös um meine Beine strich, leise winselnd vor Verunsicherung.

„Das ist alles, was du zu sagen hast?" – der Leichnam meines Vaters taumelte zwei große Schritte nach vorn und schüttelte so vorwurfsvoll seinen Schädel, dass ihm die Schiebermütze über die hohlen Augen rutschte. „Nach allem, was du angerichtet hast!"

„Was ... ich angerichtet habe?", hektisch rang ich nach Luft, um mich zumindest zu verteidigen. „Was bitte meinst du damit?"

„Andreas war ein kerngesundes Kind! Wunderschön. Und lustig. Und so begabt. Unser ganzer Stolz!", erklärte der Leichnam meiner Mutter in leisem Singsang. „Bis du geboren wurdest!" – ihre Stimme begann zu zischeln. „Du hast ihn krank gemacht!"

„Aber ihr ... ihr wolltet doch ein zweites Kind und ich...", setzte ich einmal mehr zu einer Rechtfertigung an, „...ich war doch ein Baby. Ein Baby kann doch niemanden..."

„Du hast mir meine Mama weggenommmeeeeen!", brüllte Andreas' Leichnam mir ins Wort und sein Schnuller fiel ihm aus dem Leichenmund.

„Aber ... ich konnte doch nichts..."

„Duuuuu hast ihm seine Mama weggenommen!", stach die Stimme des Leichnams meiner Mutter mir jetzt ins Wort. „Meinem kleinen Jungen hast du die Mama weggenommen!"

Sie begann zu brüllen.

„Du egoistisches Miststück!"

„Aber ... *du* bist doch ... seine..."

Meine Stimme versagte, weil ich anfing zu zittern – als Ana plötzlich zwischen mich und die Leichen meiner Eltern trat.

„Ihr hattet doch gesagt, ihr wolltet einfach nur reden!", versuchte sie zu deeskalieren. „Ganz in Ruhe! Damit alles wieder gut wird! Da müsst ihr vielleicht auch mal ... ihre Sicht der Dinge...", Ana klang so hilflos, dass sie mir leid zu tun begann. Weil sie mich an mich selbst erinnerte. In unzähligen Momenten, in denen ich genau dasselbe gestammelt und ebenso hilflos geklungen hatte.

„Das tun wir doch. Wir nehmen die sehr ernst, Veras Sicht der Dinge."

Die Leiche meiner Mutter verzog ihren Mund zu einem süßlichen Lächeln. Am Rand der Ethno-Kappe löste sich etwas Fleisch und fiel ihr auf die Schulter.

„Wenn sie nicht bei uns sein will, dann soll sie auch nicht bei uns sein."

Hinter mir begann es zu krachen. So furchtbar zu krachen und zu donnern, dass ich mich in Panik über Zerberus warf, weil ich dachte, der Himmel fiele uns beiden auf den Kopf.

„Alles wird besser, wenn du weg bist", kreischte der Schädel meiner Mutter gegen das Donnern und Krachen an.

„Weil alles gut war, bis du kamst", brüllte der Schädel meines Vaters. Voller Hass.

Während mir schwarz vor Augen wurde.

Weil jedes Wort so weh tat. Noch immer. Obwohl ich doch wusste, dass sie genau das dachten, seit Jahren, und so sehr wollte, dass es mir egal war. Seit Jahren.

Und weil ich mich schuldig fühlte.

Grenzenlos schuldig an allem, was bei uns zu Hause los gewesen war. Dabei war mir doch völlig klar, dass ein Baby niemanden krank machen konnte. Das ging doch gar nicht! Das konnte doch gar nicht gehen! Noch dazu hatte ich meinen großen Bruder so geliebt, als wir noch klein gewesen waren! Hatte ihn glühend bewundert, ihm alles nachgemacht, ihm gefallen wollen.

Und ihn unendlich vermisst.

Ja, verdammt! Jeden Tag in den vergangenen dreißig Jahren hatte ich meinen großen Bruder vermisst, nachdem er von einem Monster gefressen worden war, das seinen Platz eingenommen hatte. Ein Monster, das meine Eltern selbst erschaffen hatten, das mich töten wollte und vor dem weder mein Vater noch meine Mutter mich jemals beschützt hatten. Warum auch immer.

Näher und näher kamen die Leichen meiner Eltern und die Leiche des Monsters, das einmal mein Bruder gewesen war. Schritt für Schritt torkelten und taumelten sie weiter auf mich zu. Kamen mir so nah, dass ich einen Schritt zurück machte und dann noch einen – und die Balance verlor. Weil sich hinter mir in der Dunkelheit ein Abgrund aufgetan hatte.

Ein Abgrund, dessen Boden im fahlen Rot der Warnleuchten nicht zu sehen war und von dessen Rand ich jetzt herunterrutschte, immer weiter nach unten, ohne Halt zu finden. Zerberus stürzte auf mich zu, verbiss sich im Kragen meines Steppmantels, stemmte sich mit allen Vieren gegen den Waldboden, pumpte mit seinen Schultern, um mich wieder nach oben zu ziehen, aber ich rutschte weiter. Verzweifelt versuchte ich, mich mit meinen Händen an irgendetwas festzukrallen, aber da war nichts. Kein Halt.

Bis ich plötzlich doch welchen fand. In der Hand von Nica. Die umschloss meine Rechte, hielt sie ganz fest. Ich konnte spüren, dass sie dabei zitterte.

Meine Füße rutschen ins Leere. Nur noch gehalten von Nicas Hand und Zerberus' Zähnen hing ich über dem Nichts.

Während die drei Toten bereits so nah waren, dass ich sie riechen und die fauligen Überreste ihrer Unterschenkel sehen konnte.

„Ich hasse dich!", schrie der Leichnam meiner Mutter. „Du hast alles kaputtgemacht! Mein ganzes Leben hast du kaputtgemacht!"

„Unser ganzes Leben hast du kaputtgemacht!", fiel der Leichnam meines Vaters mit ein.

Während meine Rechte schwächer und schwächer wurde in der Hand von Nica, die immer mehr zitterte.

„Du hast gemacht, dass ich ganz wirr geworden bin im Kopf mit deinem Geschrei!", hörte ich die Stimme meiner Mutter keifen, während sich vor meinen Augen alles zu drehen begann. „Du hast gemacht, dass mir die Hand ausgerutscht ist beim armen Andreas", röhrte die Stimme meines Vaters, „und dass ich..."

Plötzlich hörte ich ihn nicht mehr.

Weil da auf einmal nur noch Lunas Stimme war. Lunas Stimme, die durch den gesamten Wald schallte. So kraftvoll, dass ich die Vibrationen spüren konnte durch Nicas Hand.

Diesmal sang sie keinen Psalm.

Sondern etwas, das wirklich heilig war. Heiliger als jedes Gebet.

„Stand by me". Der schönste Song über Freundschaft und Beistand in der Not, der je geschrieben wurde, erhob sich zwischen den Bäumen in den Nachthimmel. Der Song, mit dem ich als Zwölfjährige das erste Mal auf einer großen Bühne gestanden und den Menschen im Publikum die Tränen in die Augen getrieben hatte. Weil ich all meine Verzweiflung, all meine Sehnsucht nach einem anderen Zuhause nach draußen gebrüllt hatte in jeder Zeile.

Genauso laut, wie Luna jetzt jede Songzeile den Leichen meiner Eltern entgegenbrüllte – und mir immer mehr Kraft gab, mit jedem Ton. Genug Kraft, Nicas Hand wieder fester zu halten. So fest, dass ich mich etwas hochziehen konnte und wieder Boden unter den Füßen spürte, genug Halt, um mich von Nica und Ana über die rettende Kante heben zu lassen und von Zerberus, der meinen Mantel die ganze Zeit nicht losgelassen hatte.

Bevor ich die drei Leichen bemerkte, direkt hinter Nica und Ana und dem besten aller Hunde – und wie diese Leichen ausholten, mit ihren Füßen.

„Du sollst weg!", schrie der Leichnam meines Bruders.

Bevor er plötzlich zur Seite fiel, an seinem Schädel getroffen von einem rostigen Metallrohr — und dann nach vorn kippte. In den Abgrund.

Wohin ihm ein weiterer Leichnam folgte.

Und dann noch einer.

Lunas Gesang verstummte.

„Immer nur Sachen. Nie ... Leute", stammelte Cai tonlos und mit bebenden Lippen, während das Kind sein Schlagrohr ansah, als wollte es mit ihm sprechen. Bis ins Mark entsetzt und bebend vor Verzweiflung über das, was sein rostiger Begleiter gerade getan hatte. Während irgendwo weit unten ein dumpfer Knall zu hören war und dann noch einer und noch einer. Von drei Körpern, die auf Felsen aufschlugen — und dabei eben kein Geräusch machten, wie große Sandsäcke, sondern eher wie Vasen. Wegen der harten Schädel.

„Das ... war Notwehr!", stammelte Ana. „Und Notwehr ist ... total okay! Ehrlich!"

Sie stürzte auf Cai zu, nahm das Kind in den Arm, Nica, Luna und ich kamen von der anderen Seite dazu, taten dasselbe. Gemeinsam hielten wir Cai ganz fest.

„Nein, das war nicht nur okay", flüsterte Luna. „Das hast du gut gemacht. Jesus hätte das auch getan."

Ich musste lächeln. Trotz allem.

„Sie durfte da nicht runterfallen", sagte das Kind, ganz leise. „Zerberus braucht sie doch."

„Danke, Cai", sagte ich. Während ich mich daran erinnerte, wie ich mit Nica vorhin am Kottbusser Tor gesessen hatte. Voller Liebe – und in der Gewissheit, dass ich alles dafür tun würde, Zerberus nicht allein zu lassen. Absolut alles.

Der Abgrund verschwand.

Verschwand einfach.

Bis da nichts mehr war als eine Lichtung mit einem Hochspannungsmast.

Hinter dem es im Gebüsch jetzt zu rascheln begann.

„Na? Auf frischer Tat ertappt?", rief plötzlich eine Stimme, irgendwo im Dunkel, laut und schrill.

Kindergesicht!

Entsetzt machten Ana und ich einen Satz nach vorn, stellten uns vor die anderen, während das Kind sein Eisenrohr vor sich hielt wie eine Waffe.

„Was willst du?", brüllte ich in die Dunkelheit, bereit,

Cai die Stange abzunehmen und selbst zuzuschlagen, auch, wenn es keinen Abgrund mehr gab.

„Bekennt ihr euch schuldig?", schrie Kindergesicht zurück.

„*Was* will die?", fragte Cai verdattert.

„Ich will wissen, ob du schuldig bist!", kreischte es aus dem Dickicht.

Cais Lippen begannen zu beben. Hilfesuchend – und dann immer fragender und schließlich so verzweifelt, dass ich mir auf die Lippen beißen musste, um nicht selbst loszuheulen vor dem Kind, das mir gerade das Leben gerettet hatte.

Uns allen.

„Hallo? Was ist? Hörst Du mich? Hey! Ich möchte wissen, ob du mich hörst!"

In die Stimme von Kindergesicht mischte sich Verkehrslärm.

„Bleib mal ganz ruhig liegen. Dein Mann ist auf dem Weg."

Mein ... Mann?

Ich öffnete die Augen. Vor mir kniete eine ältere Frau mit roséfarbenem Kopftuch. Streichelte mir beruhigend über den Rücken.

Während ich spürte, dass ich lag. Auf etwas Hartem.

Pflastersteine.

„Hallo? Hörst du mich? Wieso sagst du denn nichts? Machst du das extra? Das finde ich jetzt wirklich sehr unschön, so selten wie du dich bei uns meldest!", zischelte die Stimme meiner Mutter aus meinem Handy.

Während es stank. Entsetzlich stank.

Weil mein Handy direkt neben einem Haufen Hundescheiße lag — und beides ganz nah an meinem Gesicht.

„Hallo, Mama?", ächzte ich leise in Richtung des Hundehaufens.

„Na endlich!", ich hörte meine Mutter seufzen. „Hast du mitgeschrieben? Station 43. Das ist die Intensivstation. Er liegt da im Koma!"

„W...was?"

15. STATION 43

Mein Mann, nein, mein Traummann, war mit einem sauberen Mantel zum U-Bahnhof gekommen. Von dort hatte er mich eigentlich nach Hause bringen wollen. Weil ich mich, nachdem der verdammte Spind mir fast das Nasenbein gebrochen hatte, als er auf mich gefallen war, eigentlich hätte ausruhen müssen. Im schönsten aller Zuhause, auf dem schönsten aller Sofas. Mit dem Mann, dem Sohn, der Patentochter meiner Träume.

Die jetzt wieder wahr geworden waren. So, wie das mit Träumen ja eigentlich auch sein sollte.

Stattdessen wurden mein Ersatzmantel und ich jetzt ins Klinikum Steglitz gefahren. In unserem roten FIAT 500. Zu meinem Vater, der vor vier Tagen im Hausflur die Treppe heruntergefallen war, ein halbes Stockwerk – und der jetzt auf der Intensivstation lag, mit gebrochenem Schädel.

Bis gestern Abend war er noch bei Bewusstsein gewesen, hatte meine Mutter am Telefon gesagt.

Seit heute Morgen lag er im Koma.

Um mich beim Pfleger als Angehörige zu legitimieren, holte ich meinen Ausweis aus meinem Portemonnaie, mit vor Aufregung schwitzenden Fingern. Nicht wegen meines Vaters, sondern wegen des Namens, der auf dem kleinen Plastikkärtchen stand.

Ina Lucia Krahe, geborene Tauber.

„Phuuuu...!", entfuhr mir ein in diesem Rahmen sehr unpassend lautes Geräusch der Erleichterung.

Während ich mich daran erinnerte, wie ich als Kind meine Mutter nach meinem Namen gefragt hatte. Danach, wieso ausgerechnet „Ina" für mich ausgewählt worden war.

„Wenn sie hübsch wird, heißt sie Vera", hatte meine Mutter geantwortet. „Das hatten wir uns vorgenommen. Aber dann haben wir dich gesehen und fanden, Ina passt besser."

Die Haut meines Vaters war wächsern, sein Körper voller Hämatome und er war – ich wusste nicht, woran, sondern nur, dass ich es erkennen konnte – dem Tod bereits näher als dem Leben. Meine Mutter hatte tatsächlich geschafft zu verhindern, dass wir uns hatten verabschieden können, schoss es mir durch den Kopf. Indem sie mir einfach nicht Bescheid gesagt hatte. Vier Tage lang. Wobei ich sicher noch viel länger nichts erfahren hätte, hätte ich nicht selbst angerufen.

Einen winzigen Augenblick versetzte mir das einen Stich.

Bevor mir auffiel, wie unnötig das war.

Wo der jüngste Teil von Ina Lucia ihn doch längst getötet hatte. Schon vor Jahren. Und aus Notwehr.

Über die Maßen dankbar lächelte ich Cai zu. Mit Zerberus statt seiner Eisenstange auf dem Schoß, saß das Kind am Kopfende meines Vaters auf einem Stuhl, grinste und leuchtete. In Neonorange. Der Farbe, die mein Vater am leidenschaftlichsten gehasst hatte in seinem Leben.

Neben Cai saß Ana. Gerade holte sie eine Ladung Fruchtriegel aus ihrem Muttersack, von denen sie einen dem Kind gab, einen mir und zwei Luna und Nica, die sich – einträchtig Arm in Arm – zusammen auf das momentan freie Nachbarbett gekuschelt hatten. Beide hatten keine Aufnäher mehr auf ihren Jacken. Dafür besaß Nica mittlerweile einen Körper, dem anzusehen war, dass er nicht nur noch immer verdammt gerne Sex, sondern auch ein Kind geboren und großgezogen hatte – und über alle Maßen glücklich darüber war, trotz aller dabei entstandenen Falten und Dellen. Um Lunas Hals hing kein Kreuz mehr – sondern ein Thorshammer. Über einem Shirt, auf das ein Pentagramm gedruckt war, das nur auf einer Spitze stand. Wenn schon, denn schon.

Ich musste grinsen.

Als meine Mutter ins Zimmer kam.

Mit ihrer Ethno-Kappe auf dem Kopf. Wie immer.

Während das Fleisch an ihren Wangen bereits grünlich schimmerte und an einigen Stellen die Schädelknochen zu sehen waren.

Wie immer.

Weil Cai auch sie erschlagen hatte, schon vor langer Zeit. In Notwehr.

Genau wie Andreas. Der nicht mehr ans Bett meines Vaters kommen würde, weil er nicht heraus durfte aus der psychiatrischen Klinik, in der er wieder einmal weggeschlossen worden war.

Stattdessen kam jemand anderes, stand plötzlich einfach in der Tür.

Erstaunlicherweise erkannte ich sie sofort, obwohl sie ihr Haar jetzt offen und besser passende Kleidung trug – und eine Brille, die ihr stand.

Durch die sie Cai anblickte.

„Und?", fragte Kindergesicht leise und in wesentlich freundlicherem Ton als am Hochspannungsmast. „Bekennst du dich schuldig?"

Cai, Luna, Nica, Ana und ich blickten vom sterbenden Leichnam meines Vaters zum noch lebendigen Leichnam meiner Mutter und dann zurück zur Tür.

„Nein! Nicht schuldig!", sagten wir dann. Alle gemeinsam. Mit fester Stimme.

„Danke", sagte Kindergesicht und lächelte. Mit Lippen, die aussahen wie ein Abziehbild von meinen – und denen von Cai, Luna, Nica und Ana.

„Ich ... musste das einfach wissen."

Ana atmete durch.

„Wir ... mussten das wissen, oder?"

Kindergesicht nickte.

Stille. Für einen sehr langen Moment.

„Danke", sagte ich dann zu Kindergesicht. Weil ich es so meinte.

Während Ana einen Hocker aus ihrem Muttersack holte, ihn neben sich stellte und Kindergesicht den Platz anbot.

„Ich bin Iulia", sagte Kindergesicht, setzte sich und lächelte.

Am darauffolgenden Abend entschied der zuständige Arzt, die lebenserhaltenden Geräte bei meinem Vater abzustellen. Zusammen mit meiner Mutter saßen wir fünf und ich bis zum Morgen an seinem Bett.

Andreas starb einige Monate später überraschend an Lungenversagen und meine Mutter zwei Jahre später an Pankreaskrebs.

Manchmal trauere ich.

Nicht um die drei. Dafür waren sie vorher schon viel zu lange tot.

Aber um das, was hätte sein können.

VITA

Auch wenn Luci van Org das „Mädchen", mit dem sie bei „Lucilectric" Popgeschichte geschrieben hat, noch immer im Herzen trägt – heute ist „Cross-Media-Künstlerin" sicher die treffendere Bezeichnung für die quirlige Berlinerin Jahrgang 1971. Die mittlerweile bereits mehrfach preisgekrönte Roman-, Drehbuch- und Theaterautorin, Illustratorin und Schauspielerin hält der Musik nämlich auch noch die Treue, zum Beispiel bei ihrem Soloprojekt „Lucina Soteira", als weibliche Hälfte des Duos „Meystersinger" oder als Songschreiberin und Produzentin für andere Künstler. Logisch, dass sie deshalb bei ihren Lesungen auch so gut wie immer musiziert und singt und ihre Bücher auch häufig selbst illustriert.

Ebenfalls in der Edition Outbird erschienen:

FLORENTINE JOOP & HOLGER MUCH
Und wenn wir nicht gestorben sind...

Die junge Ireene wünscht sich einen Bruder, während sie das Bild eines Jungen an der Wand betrachtet. Vergossenes Blut und ein Kobold bringen ihr den vermissten Bruder Michal. Der blutige Pfad des Märchens beginnt. Als Leser wandert man mit Ireene und Michal atemlos durch den Wald, gehetzt und hungrig, bangend, ob es ein gutes Ende geben wird, aber auch Frau Müde, der stumme Wanderer und eine irische Wirtin kreuzen seinen Pfad. Er trifft auf das stille Volk, Castus von „Corvus Corax" und stolpert über Kastaniengiraffen, erschrickt vor der verwirrten Nachbarin mit royaler Gesinnung, wandert durch das heiße Berlin und Kindheitserinnerungen und wird hoffentlich verzaubert diese Wälder verlassen. Die Wälder der Märchen beginnen erst dort, wo alle Pfade enden. Und wenn wir nicht gestorben sind, dann wird die Reise jenseits der Pfade für immer weitergehen.

ISBN: 978-3-948887-52-0, Hardcover, 110 Seiten, illustr., 17,90€

Ebenfalls in der Edition Outbird erschienen:

BENJAMIN SCHMIDT
Mein Mann von unter der Brücke

„Glück war eine Falle. Eine Fata Morgana. Glück ließ Krebszellen wuchern. Verbrannte das Gehirn. Glück machte süchtig, wenn man es nur in Aussicht stellte. Glück bedeutete, anzunehmen, man würde fliegen, während man fiel. Glück war ein schönes Haus über einem unheimlichen Keller."

Doreen fristet ein Leben in Erwartung auf ein festgeschriebenes Glück, doch sie wird immer wieder enttäuscht und ahnt nicht, wie nahe sie vor einem Zusammenbruch steht. Das ändert sich, als sie Theodor begegnet, einem Obdachlosen, den sie von der Straße stiehlt und der fortan die Rolle ihrer großen Lieben spielen soll. Das hat für Theodor durchaus seine Vorteile, nur gibt es da ein tief greifendes Problem... Einmal mehr legt Benjamin Schmidt einen Roman vor, der Lesende in seiner Lebensdichte und Poesie in seinen Bann zieht.

ISBN: 978-3-948887-27-8, 156 Seiten, Softcover, 15,00€

Ebenfalls in der Edition Outbird erschienen:

DR. KATHERINA HEINRICHS & PROF. DR. JÖRG VÖGELE
Sein oder Nichtsein – Suizid in Wissenschaft und Kunst

Suizid. Eine Sünde? Ein ehrenhafter Ritus? Eine Straftat? Ein Tabu? Ein Menschrecht? Der Suizid hat nicht nur im Laufe der Menschheitsgeschichte immer wieder Wandlungen durchlaufen, auch heutzutage zeigt er sich vielgestaltig und hochkomplex.

Mit diesem Buch wird das Thema „Suizid" sowohl von wissenschaftlicher Seite als auch aus künstlerischer Sicht beleuchtet. Fachleute verschiedener Disziplinen – zum Beispiel Medizin, Geschichte, Literaturwissenschaft, Psychologie – treffen auf Kunstschaffende, die sich alle gemeinsam dem Sujet widmen. Außerdem bekommen Betroffene, Hinterbliebene und Überlebende eine Stimme.

Mit Beiträgen u. a. von: Joachim Fugmann, Dr. Katherina Heinrichs, Thomas Konrad, Rebecca Peters, Luci van Org, Christian von Aster, Bianca Stücker, Asp Spreng, Michael Sele.

ISBN: 978-3-948887-29-2, 262 Seiten, Softcover, zahlr. Abb., 16,90€

Ihnen hat dieses Buch gefallen?

Empfehlen Sie es gerne weiter - vielen Dank!

Die Edition Outbird ist Fördermitglied
des Phantastik-Autoren-Netzwerk e.V.

WIR FÜNF
UND ICH UND DIE TOTEN

Eine Novelle für alle von schlechten Eltern – und die
sie überlebt haben

von
LUCI VAN ORG